셰익스피어 전집 009

리어왕

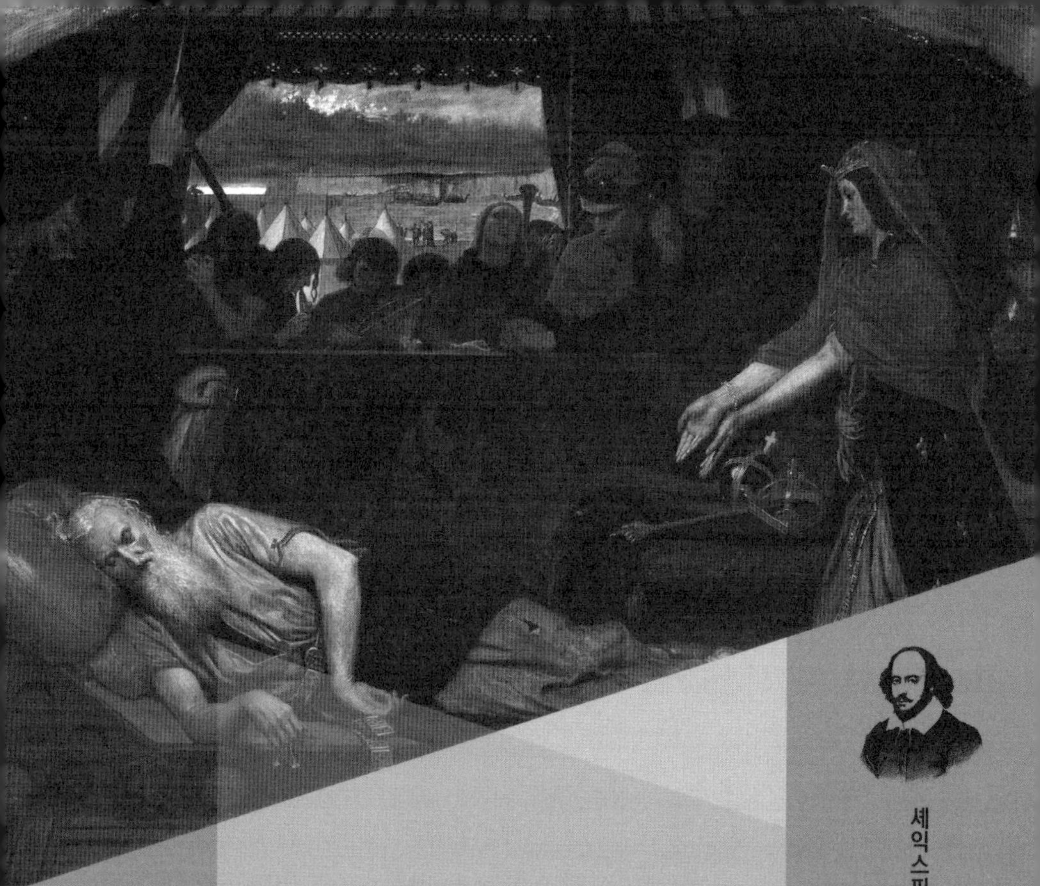

셰익스피어 전집

009

리어왕

윌리엄 셰익스피어(William Shakespeare)

고현동 옮김

King Lear

HU:iNE

옮긴이의 말

처음 번역 작업에 대한 제안을 받았을 때 아무 생각 없이 단순하게 참여의사를 밝혔지만, 그 후로 오랜 시간 동안 걱정과 후회를 했었다. 그동안 셰익스피어의 작품들을 읽어오고 연구하고 가르쳐왔으면서도 감히 그의 작품들을 우리말로 옮길 생각조차 못해왔기 때문이다. 번역의 어려움은 말할 것도 없지만, 과연 원문의 재미와 감동을 어떻게 효과적으로 우리말로 옮길 것인가에 대한 의문이 들었다. 게다가 이미 여러 분들이 다양한 관점과 방식으로 완성도가 높은 번역을 해온 마당에 과연 내 번역이 얼마나 의미가 있을 것인가에 대한 질문에 대해 스스로 답할 자신이 없었기 때문이다.

하지만 제안을 하셨던 박우수 교수님의 말씀, "번역은 전공자의 의무"라고 하신 그 말씀이 계속해서 마음속을 파고들었다. 그리고 그 말씀에 의지해서 유난히 무더웠던 2018년 여름 내내 『리어왕』과 씨름하며 보냈다. 아내와 딸도 그런 나의 고민을 이해해주며 나름의 방식으로 어려움을 함께 나누었다. 특별히 이 글을 빌어 나를 이해해준 진화와 예나에게 진심어린 고마움을 전하고 싶다.

개인적으로는 이전에 여러 번 다른 번역 작업에 참여해보았으나, 이번처럼 고전 작품에 대한 번역은 처음이었다. 번역 과정 중 생길 수 있는 오류를 가능한 한 줄이려고 했으나 미처 발견하지 못한 실수도 있을 것이다. 그렇지만 이번 전집번역의 큰 방향, 즉 원문에 충실하면서도 가독성을 높이려는 부분에 많은 노력을 기울였다. 그리고 그러한 과정 중에 얻은 것 또한 적지 않았다. 원문을 그대로 이해하는 것 못지않게 우리말로 옮기는 과정 또한 작품의 이해도를 높일 수 있었고, 독자와 학생의 입장에서 작품을 바라볼 수 있는 기회를 얻을 수 있었기 때문이다.

원래 고전의 매력이 그렇긴 하지만, 이 작품을 번역하면서 새로운 맛과 깊이 있는 감동까지 덤으로 얻었다. 이전에 읽었던 감동의 결은 분명 세월의 흐름이 더해지며 새로운 느낌으로 탈바꿈한다. 대학 초년생일 때 번역본으로 읽어본 이 작품은 그저 4대 비극들 중 하나일 뿐이었고, 『햄릿』이 준 감동에는 미치지 못했다. 결혼을 전후로 한 시기에는 『오셀로』로 관심과 감동의 대상이 옮겨갔다. 학위 논문을 쓰면서 나 자신과 치열하게 싸웠던 시기는 마치 맥베스의 푸념("So foul and fair a day I have not seen")과도 같았다. 그리고 이제 한 아이의 아버지이자 가장이며 동시에 부모세대의 노후를 책임 질 나이가 되어 다시 읽은 『리어왕』은 이전과는 전혀 다른 느낌으로 다가왔다. 어느덧 지나온 날들과 남은 날들을 동시에 살펴봐야 할 시기가 되었으며, 나이가 들수록 나의 어리석음을 더 많이 깨닫는 순간들이 많아진 탓일 것이다.

이처럼 순탄치만은 않았던 과정 중에서도 많은 것들을 얻었던 이번 번역 작업을 마치며 나의 부족한 노력이 셰익스피어를 읽고 즐기려는 독자들에게 조금이라도 도움이 되기만을 바란다. 전공자로서 누리는 즐거움을 함께 나눌 수 있는 아니 나누어야만 하는 의무를 조금이라도 해 낼 수 있는 기회를 주신 박우수 교수님과 한국외국어대학교 지식출판콘텐츠원, 부족한 번역을 꼼꼼히 살펴주시고 조언해주신 이윤주 교수님, 그리고 세심하게 편집을 도와주신 박현정 선생님께 진심으로 감사의 마음을 드린다. 마지막으로 어제도 오늘도 그리고 내일도 함께 할 부모님과 진화 예나에게 이 글을 바친다.

고현동

리어왕

목차

등장인물들

리어	브리튼의 왕
고너릴	리어의 큰 딸
리건	리어의 둘째 딸
코딜리어	리어의 셋째 딸
올버니 공작	고너릴의 남편
콘월 공작	리건의 남편
프랑스 왕	
버건디 공작	
글로스터 백작	
에드가	글로스터의 큰 아들
에드먼드	글로스터의 둘째 아들 (서자이며 에드가의 이복동생)

켄트 백작	
바보광대	리어를 따르는 시종
오스왈드	고너릴의 집사
큐란	글로스터를 따르는 신하
노인	글로스터의 소작농

전령, 장교들, 기사들, 신사들, 시종들, 하인들과 심부름꾼들

1막 1장

리어왕의 궁전. 켄트, 글로스터, 에드먼드 등장

켄트 왕께서는 콘월 공작보다는 올버니 공작을 더 마음에 두고 계신 것 같습니다.

글로스터 늘 그렇게 보였죠. 하지만 이제 왕국을 나누고자 하면서 국왕께서 어느 분을 더 높게 보시는지 모르겠군요. 두 분 모두 훌륭한 분이다보니 아무리 살펴보아도 더 나은 쪽을 고를 수가 없어요.

켄트 이쪽은 경의 아드님이요?

글로스터 그녀석의 출생이 제 책임이긴 하죠. 얼굴을 붉히며 제 자식이라 밝히다 보니 이젠 제 낯이 아주 두꺼워졌습니다.

켄트 무슨 말씀인지 이해를 못하겠소이다.

글로스터 이 녀석의 어미는 할 수 있었죠.[1] 그러니 배가 잔뜩 부풀어서는

---

1) 원문의 "conceive"가 갖고 있는 두 가지 의미, 즉 '이해하다'와 '임신

남편을 침실로 맞이하기도 전에 아들부터 요람에 들였지 뭡니까. 뭐가 문제였는지 아시겠소이까?

켄트 문제가 생기길 잘했구려, 그 결과가 이리도 번듯하니 말이오.

글로스터 하지만 제겐 아들이 있답니다. 합법적으로 말이죠. 이 녀석 보다는 한 살 정도 많고요. 그렇다고 더 귀하게 여기는 것은 아니지만요. 사실 부르기도 전에 건방지게 먼저 세상에 나오긴 했지만, 이놈 어미는 예뻤죠. 이 녀석 만드는 재미도 쏠쏠했고요. 그러니 서자라도 인정은 해줘야겠죠. 에드먼드야, 이 분이 누구신지 알겠느냐?

에드먼드 모르겠습니다, 백작님.[2]

글로스터 (에드먼드에게) 켄트 경이시다. 이제부터 잘 기억해두려무나, 내 귀한 친구로서 말이야.

에드먼드 잘 부탁드리겠습니다.

켄트 잘 대해주겠네. 앞으로 더 잘 알고 지내세.

에드먼드 (켄트에게) 어르신 기대를 저버리지 않도록 하겠습니다.

글로스터 이 녀석은 지난 구 년간 다른 나라에 있었지요, 곧 다시 나가겠지만. 왕께서 오시는군요.

하다'의 뜻을 갖고 하는 말장난이다.

2) 원문의 "my lord"는 아버지에 대한 존칭으로 볼 수도 있으나, 글로스터 백작과 서자인 에드먼드의 관계와 이 장면의 분위기를 고려하여, 좀 더 덜 친숙한 관계를 나타내고자 "백작님"으로 번역하였다.

(나팔소리. 왕관을 든 시종 등장. 뒤이어 리어, 콘월, 올버니, 고너릴, 리건, 코딜리어, 신하들 등장)

리어 글로스터 경, 프랑스 왕과 버건디 공작을 모셔 오시오.

글로스터 폐하, 분부대로 하겠나이다.

(글로스터와 에드먼드 퇴장)

리어 그사이, 짐은 숨겨 두었던 결심을 털어놓겠소.
저기 저 지도를 이리 주시오. 알다시피 짐은
이 왕국을 셋으로 나누었소.
노년의 모든 근심과 정사를 떨쳐 버리고,
이를 젊은이들에게 물려주기로
굳게 결심했소이다. 그리하면 홀가분하게
죽음을 향해 나아갈 수 있겠지요.
짐의 사위 콘월, 그리고 그 못지않게 사랑하는
그대 올버니, 이제 짐은 각각의 딸들에게
상속할 몫을 확고히 공표하여
앞으로 생길 분쟁을 막고자 하노라.
과인의 막내딸의 사랑을 얻고자 경쟁하며
오랫동안 이 궁에 머물렀던 프랑스 왕과
버건디 공작도 이제 곧 답을 듣게 될 것이오.
내 딸들아, 말해다오 - 이제 과인은 통치권과,
영토의 소유권, 국사의 근심거리들은 모두

벗어버리고자 하니 - 너희들 중 누가
나를 가장 사랑한다고 말할 수 있겠느냐.
아비를 향한 사랑을 지녔으며 내 사랑을
받을 만한 가치가 있는 이에게
짐의 가장 넓은 영토를 주겠노라.
고너릴, 내 맏딸인 네가 먼저 말해 보거라.

고너릴 아바마마, 말로는 다 표현 못한 만큼 사랑합니다.
이 사랑은 세상을 바라볼 수 있는 제 눈과,
그로인해 누릴 수 있는 자유보다 더 소중하고 귀하며,
우아함과 건강, 아름다움, 영예를 다 지닌
생명의 가치보다 덜하지도 않습니다.
이제껏 자식이 행했고 아버지가 맛보았던
그런 사랑, 말로는 도저히 전할 수도 담을 수도 없는
그런 사랑과도 비할 수 없을 만큼
아바마마를 사랑합니다.

코딜리어 (방백) 나는 무어라 말해야 할까? 사랑할 수 있을 뿐, 말로는 표현 못해.

리어 이 모든 영토에서 이곳부터 이곳까지,
울창한 숲과 넓고 비옥한 토지가 있고
넉넉한 강과 그 곁에 드넓게 펼쳐진 풀밭이 있는
이곳을 그대에게 주노라.

그대와 올버니의 후손들이 영원히 이 땅의 주인이 되리라.
짐의 둘째 딸, 콘월의 아내인 리건은 뭐라 할꼬? 말 해 보거라.

리건 아바마마, 저의 몸과 마음이 언니와
다르지 않사오니, 언니의 말을 귀히 여기듯
제 말도 여겨주소서.
제 진심어린 사랑을 언니가 표현했습니다.
다만, 말씀드리건대, 그 표현에 부족함이 있나이다.
아바마마의 사랑에 비하면,
가장 소중하고 완전한 감각으로 느끼는
모든 즐거움들조차도 제겐 해가 되며,
오직 그 사랑 안에서만
행복을 느낄 수 있기 때문입니다.

코딜리어 (방백) 다음은 불쌍한 내 차례로구나.
하지만 그리 부족함은 없으리.
내 사랑은 내 말보다 더 값어치가 있으니까.

리어 짐의 아름다운 왕국의 3분의 1에 해당하는 이 넓은 지역이
영원토록 그대와 그대 후손들의 것이 되리라.
넓이와 가치와 만족감이 고너릴에게 하사한 곳보다
결코 덜하지 않은 이곳이.
자, 나의 기쁨인 막내야, 가장 어리고 자그마한
너의 사랑을 얻고자 프랑스의 포도나무와

버건디의 우유가 다투고 있구나.
너의 언니들에게 하사한 곳보다 훨씬 더 풍요로운
나머지 한 곳을 얻기 위해 무슨 말을 하겠느냐?
말해보려무나.

코딜리어 없습니다, 아바마마.

리어 없다니?

코딜리어 드릴 말씀이 없습니다.

리어 그러면 아무 것도 못 얻느니라. 자, 다시 말 해 보거라.

코딜리어 슬프게도, 제 마음을 제 혀로 이끌 수는 없나이다.
저는 자식 된 도리로 폐하를 사랑하옵니다.
더도 덜도 드릴 말씀이 없나이다.

리어 코딜리어야, 대체 어떻게 된 것이냐? 다시
말해 보거라, 네 운을 망치지 않도록.

코딜리어 선하신 아바마마,
아바마마께서는 저를 낳으시고, 기르시고
사랑해 주셨습니다. 저도 그에 걸맞게 저의
도리를 다하고자 합니다. 아바마마께 순종하고,
사랑하고 진심으로 존경합니다.
아바마마만을 사랑한다고 말하면서, 왜 언니들은
남편을 맞이했죠? 혹시라도 제가 결혼한다면,
그 언약을 받아들일 남편이 제 사랑의 절반을

가져가겠지요, 저의 관심과 의무도 그만큼
가져갈 테고.
아바마마만을 사랑하기 위해 저는 언니들처럼
결혼하지 않겠어요.

리어 지금 한 말이 진심이냐?

코딜리어 그렇습니다, 아바마마.

리어 이렇게 어린 것이 이리도 모질단 말인가?

코딜리어 아바마마, 어린 만큼 거짓이 없습니다.

리어 그렇다면, 그리 하려무나. 너의 진심이
너의 지참금이 될 것이다. 성스러운 태양빛과,
헤카테 여신과 밤의 은밀한 의식과, 우리 삶과
죽음이 달려 있는 천체의 운행에 맹세코,
이제 아비로서의 관심과 혈육의 인연을 끊고,
지금부터 영원토록 너를 모르는 이로 여길
것이다. 차라리 야만스런 스키타이 사람들이나
식욕을 채우고자 자식을 잡아먹는 자를 진심으로
돕고, 불쌍히 여기며, 위로해주겠다,
한때 내 딸이었던 네게 했듯이.

켄트 폐하 —

리어 조용히 하라, 켄트.
용이 분노를 퍼붓고자 하는 자와 용 사이에

끼어들지 말거라!
과인은 저 아이를 가장 사랑해서, 내 여생을
그 아이의 보살핌에 맡기고자 했었다.
(코딜리어에게) 그러니 내 눈에 띄지 말거라.
이제 저 아이에게서 아비의 정을 끊는 것이,
내 무덤에서 안식을 찾는 것과 같구나.
프랑스 왕을 불러라. 뭣들 하느냐? 버건디 공작도
불러라. (시종들 서둘러 나간다)
콘월과 올버니 공작,
그대들은 내 두 딸들의 지참금과 더불어
셋째에게 주려 했던 곳도 함께 나눠 가지시오.
스스로 솔직함이라 부르는 자만심이 저 녀석에게
지참금과 남편을 구해주겠지.
그대 둘에게 왕권과 최고의 지위와 그 왕권에
수반되는 영예를 부여하겠소. 과인은 그대들이
경비를 댈 백 명의 기사들을 거느리고 한 달씩
번갈아가며 그대들 집에 머물겠소. 과인은 그저
왕이라는 호칭과 그 이름에 걸맞은 특권만을
보유하겠소. 사랑하는 사위들이여,
통치와 세금징수, 그 이외에 모든 집행권은
다 그대들 것이오. 내 뜻을 분명히 하고자 하니,

이 왕관을[3] 그대 둘이 나눠 가지시오.

켄트 언제나
저의 군왕으로 모셔왔고, 아버지처럼 사랑했으며,
주인으로 섬기며 따랐고, 최고의 후원자로서
여기며 기도했던 리어 왕이시어 —

리어 활시위는 당겨졌으니 화살을 피해라.

켄트 화살촉이 제 가슴에 박히더라도 차라리 쏘십시오.
리어가 미치면 켄트도 예의를 잊겠나이다.
노인장, 어쩌려고 이러십니까?
권력이 아첨을 받아들일 때 신하된 도리마저
두려워 말을 못할 것이라 생각하십니까?
왕권이 어리석음에 빠졌을 때일수록 직언만이
명예로운 일입니다. 왕권을 보존하소서!
그리고 깊이 생각하셔서 이 끔찍한 경솔함을
멈추소서. 목숨을 걸고 말씀드리옵니다.
속이 비지 않은 그릇이 오히려 낮은 음을 내며
울림을 내지 않듯이, 막내 따님이 결코 폐하를
가장 덜 사랑하는 것은 아니옵니다.

---

3) 이 왕관("This coronet")은 코딜리어에게 주려 했던 왕관이며, 따라서 그녀가 상속받을 영토를 상징하고 있다. 왕관이 둘로 나뉠 수 없듯이, 이 영토 또한 올버니와 콘월이 나누어 소유할 수 없는 곳, 즉 앞으로 이 둘 사이의 갈등의 원인을 암시한다.

리어 켄트, 살고 싶으면 그만하라.

켄트 제 목숨은 폐하의 적들과의 싸움에 걸어 놓은
담보물일 뿐이니, 폐하의 안위가 걸려 있는
일이라면 잃어도 두렵지 않습니다.

리어 내 눈앞에서 사라져라!

켄트 리어여, 제대로 보소서. 그리하여 제가 폐하의
시선이 향할 참된 과녁의 중심으로 남아 있게
하소서.

리어 아폴로 신께 맹세코 —

켄트 아폴로 신께 맹세코, 왕이시어,
지금 폐하는 신들에게 헛된 맹세를 하고 계십니다.

리어 이런 천하고 못된 놈!
(칼을 잡으려 한다)

올버니, 콘월 폐하, 참으소서!

켄트 칼을 뽑으소서! 폐하의 의사를 치소서, 그리하여
그 대가를 더러운 병에게 지불하소서.
증여를 거두소서. 아니하시면 반대의 목소리를
낼 수 있는 한 계속해서 폐하께서 악을 행하고
있다고 말씀드리겠나이다.

리어 충성의 맹세를 저버린 배신자여, 들으라.
결코 그럴 생각조차 없는 짐으로 하여금

스스로의 언약을 깨뜨리도록 만들려하고,
주제넘은 오만함으로 짐이 내린 선고와 권한에
개입하려 했으니, 이는 짐의 성격으로나 지위를
생각해보아도 참을 수 없는 행위로다. 이제 짐의
권능을 시행하여 네가 대가를 치르게 하겠다.
세상의 불행으로부터 네 자신을 지킬 준비를
할 수 있도록 닷새의 시간을 주겠으니, 엿새째
날이 되면 너의 증오스런 등을 지고 이 왕국을
떠나거라. 열흘이 지난 뒤에도 너의 추방된
몸뚱이가 짐의 영토 안에서 발견되면, 그 즉시
너는 죽은 목숨이리라. 떠나거라! 주피터 신께
맹세코, 이 명령은 번복되지 않을 것이다.

켄트 왕이시어, 안녕히 계십시오. 그리하시니 이제
폐하께서는 자유는 없고 추방만이 있는 곳에
계시겠군요.
(코딜리어에게) 아가씨, 옳게 생각하고 바르게
말씀하신 당신을 신들이 보호해주시길.
(고너릴과 리건에게) 그리고 그대들의 과장된
말들이 행동으로 증명되어 사랑의 말들이 좋은
결과를 낳기를.
아 대신들이여, 이렇게 켄트는 여러분들에게

작별 인사를 드립니다. 새로운 곳에서도
옛 습성을 이어가겠습니다. (퇴장)

(나팔소리. 글로스터가 프랑스 왕, 버건디 공작, 시종들과 함께 등장)

콘월 폐하, 여기 프랑스 왕과 버건디 공작이 왔습니다.

리어 버건디 공, 과인의 딸을 놓고 여기 프랑스 왕과
경쟁중인 그대에게 먼저 말하겠소.
딸아이와 함께 지금 당장 받을 지참금으로 최소한
얼마를 원하시오? 원하는 만큼이 아니면 구애를
그만 두겠소?

버건디 국왕 폐하,
폐하께서 제안하셨던 만큼만 바랄 뿐입니다 —
그보다 적게 주시지는 않겠지요?

리어 훌륭한 버건디 공,
저 아이가 내게 소중했을 때라면 그리 했겠지요.
하지만 이제 저 아이의 값이 떨어졌소. 공작, 저기
저 아이가 있소이다. 짐의 불쾌함만이 더해졌을
뿐 아무 것도 없는 저 작은 몸뚱이의 일부라도,
아니면 전부라도 공의 마음에 든다면,
여기 있으니, 공의 것으로 하시오.

버건디 뭐라 답을 드려야 할지 모르겠습니다.

리어 친구도 없고, 이제 새로이 과인의 증오의 대상이 되었으며,
저주의 지참금을 받고, 부녀의 인연을 끊어버린,
저 결점 투성이 아이를
데려가겠소, 버리겠소?

버건디 폐하, 용서하소서.
이런 조건으로는 결정을 할 수가 없습니다.

리어 그렇다면 두고 가시오. 짐을 만든 신께 맹세코
말하건대, 그대에게 저 아이가 갖고 있는 전부를
말했소이다. (프랑스 왕에게) 위대한 왕이시어,
그대를 위해 말하건대, 짐이 증오하는 자와
그대를 맺어줄 만큼 그대를 싫어하진 않소이다.
그러니 바라건대 자연의 여신마저 자식이라
인정하기 부끄러워하는 염치없는 녀석보다는
훨씬 더 가치 있는 짝을 찾으시오.

프랑스 왕 정말 이상한 일이군요.
조금 전까지만 해도 폐하가 가장 아끼고,
칭찬을 아끼지 않았으며, 노년의 위안으로
삼았던, 가장 소중히 여기던 따님이 한 순간에
정말로 끔찍한 짓을 저질러서 그토록 두터운
총애의 옷을 벗어버리다니요. 분명히 그녀의
잘못은 정말로 끔직한 짓이었겠군요.

그게 아니라면, 폐하께서 이제껏 공언하신 애정
자체가 의심스럽군요. 저의 이성적인 판단으로는
그녀가 그런 잘못을 저질렀다고 믿기가
어렵습니다.

코딜리어 제가 하고자 하는 바를 말하기 전에 행동으로
옮길 뿐이지, 마음에도 없는 말을 할 만큼
말뿐이고 번지르르한 재주는 없기 때문입니다.
그저 아바마마께 바라건대,
폐하의 은혜와 사랑을 잃어버린 이유가 심성이
나쁘거나, 살인을 저질렀거나, 사악한 행동을
해서도 아니요, 순결치 못하거나 명예롭지 못한
행실 때문도 아님을 밝혀주세요.
그런 면이 없기에 저는 더 부유합니다. 계속해서
간청하는 눈길이나 혀가 없기에 오히려 저는
기쁩니다, 비록 그러한 것들이 없기에 이렇게
아바마마의 총애를 잃어버렸지만.

리어 네가 짐을 더욱 기쁘게 하지 못했으니,
차라리 태어나지 말았어야했다.

프랑스 왕 단지 그 이유 때문입니까? 본성이 과묵하여
원래 하고자 했던 일을 말하지 않았기 때문에?
버건디 공, 공주께 뭐라 하시렵니까?

사랑은 사랑이 아닙니다, 그 사랑이 본질과
동떨어진 대가와 뒤섞인다면. 공께서는 공주를
데려가시렵니까? 그녀 자신이 지참금입니다.

버건디 폐하,
폐하께서 제안하셨던 몫만큼만 주신다면,
지금 바로 코딜리어 공주의 손을 잡겠습니다.
버건디 공작부인으로서 말이죠.

리어 아무 것도 없소이다. 이미 맹세했소이다. 내 결심은 분명하오.

버건디 (코딜리어에게)
그렇다면 유감스럽지만 공주께서는 이렇게
아버지를 잃으셨군요. 그러니 남편감도
잃어야만 하겠지요.

코딜리어 잘 가십시오, 버건디 공!
지위에 걸맞은 명예와 재산만을 사랑하니,
나는 당신의 아내가 되지 않겠습니다.

프랑스 왕 가난하나 가장 부유하고, 버림받았으나 가장
귀하고, 미움 받았으나 가장 사랑스러운,
그대 아름다운 코딜리어! 버림받은 것을 갖는
것이 적법하다면, 그대와 그대의 미덕을 지금
내 것으로 하려 합니다.
신들이시여! 저들의 차가운 냉대로부터 내 사랑이

불타올라 열렬한 찬양으로까지 이어지다니,
참으로 이상한 일이군요. 왕이시어, 지참금 없이
내게 던져진 따님은 나와 내 백성과 내 아름다운
프랑스의 왕비입니다. 물이 풍부한 버건디의 모든
공작들조차도 제대로 가치를 인정받지 못한
이 소중한 여인을 내게서 사갈 수는 없을
것입니다. 코딜리어, 사람이 지닌 자연스런
정조차 없는 저들이지만, 그래도 작별 인사를
하시오. 더 나은 곳을 찾기 위해
이곳을 잃을 뿐이요.

리어 프랑스 왕이시어, 그 애를 데려가시오. 내겐
저런 딸이 없고, 다시는 그 얼굴조차 볼 일이
없으니, 이제 그 애는 당신 것이오. 그러니,
어서 데리고 가시오. 짐의 배려도, 사랑도, 축복도
없을 것이니. 자, 갑시다, 버건디 공.

(나팔 소리. 리어, 버건디, 콘월, 올버니, 글로스터, 에드먼드, 시종들 퇴장)

프랑스 왕 언니들에게 작별 인사를 하시오.

코딜리어 코딜리어는 눈물 흘리며 아버지의 보석들인
언니들을 떠나렵니다. 언니들이 어떤 사람들인지 알지만,
그래도 동생이니 언니들의 잘못을 일일이 말하긴 싫어요.

아버지를 많이 사랑해주세요.
아버지를 사랑한다 말했던 언니들의 품으로
아버지를 맡길게요.
하지만, 아, 아버지와 사이가 좋다면,
더 나은 자리로 모셨을 텐데.
언니들, 안녕히.

리건 우리가 할 도리에 대해 훈계하지 마라.

고너릴 네가 신경 써야 할 일은
네 남편을 즐겁게 해드리는 일이야.
너를 동정심으로 받아준 분이니까.
순종하는 마음이 없으니 당연히 지참금도
아버지의 사랑도 모두 잃어버린 게지.

코딜리어 시간은 숨겨두기로 약속했던 간계를 드러내겠죠.
결국 감춰둔 잘못들을 비웃으면서요.
그러니 잘들 지내시길!

프랑스 왕 갑시다, 아름다운 코딜리어.

(프랑스 왕과 코딜리어 퇴장)

고너릴 리건아, 우리 둘 모두에게 곧 닥칠 일에 대해 할 말이 많구나. 내 생각에 오늘 밤에라도 아버지께서 이곳을 나서실 것 같아.

리건 틀림없이 언니 집이겠지. 다음 달은 우리 집일 테고.

고너릴 아버지 연세쯤 되면 얼마나 변덕이 심한지 봤겠지. 그동안 우리가 보아 온 경우만 해도 적지 않고 말이야. 아버지께서는 막내를 가장 사랑하셨는데, 그렇게 말도 안 되는 판단력으로 그 애를 내치시는 모습을 보니 모든 게 분명해졌어.

리건 망령이 드신 거지. 하긴, 아버지께서는 한 번도 스스로에 대해 조금도 아시지 못했지.

고너릴 가장 좋았던 시절에도 아버지 성격은 불같았지. 그러니 이제 이리 나이 드셨으니 오랫동안 뿌리내려 습관이 된 성격 때문에 생기는 문제들뿐만 아니라 노년의 성마름 때문에 오는 변덕까지도 겪어야만 하겠지.

리건 켄트를 내쫓을 때처럼 그렇게 우리에게도 갑자기 화를 내시겠지.

고너릴 프랑스 왕과 아버지 사이에 작별 의식이 아직 더 남아 있나봐. 부디 우리끼리는 힘을 합치자. 아버지께서 지금의 그 성격으로 권력을 휘두르시면, 방금 양도하신 권력도 결국엔 우리에게 해만 될 뿐이야.

리건 이 일은 좀 더 생각해보자고.

고너릴 뭔가 해야만 헤, 지금 바로 말이야. (퇴장)

1막 2장

글로스터의 성. 에드먼드가 편지를 들고 등장

에드먼드 그대 자연은 나의 여신이니, 그대의 법을
따르겠습니다. 어째서 옳지 못한 관습에 얽매여
까다로운 법을 통해 제가 누릴 권리를
빼앗긴단 말입니까? 단지 형보다 열두 달 혹은
열네 달 늦게 태어났다는 이유만으로?
어째서 서자인가? 왜 비천한가?
어느 정숙한 여인의 아들 못지않게 내 몸 또한
번듯하여 마음도 너그럽고 용모도 수려한데?
왜 사람들은 우리를 천출이라 낙인찍을까?
천하니까 서자라고? 천하고 천하니까?
지루하고 일상적이라 지겹기까지 한 침대에서

잠결에 생겨난 한 무리의 얼간이들보다
왕성한 성욕의 은밀함으로 태어난 서자야말로
훨씬 번듯하고 왕성한 기운을 갖고 있지.
자, 그렇다면, 적자인 에드가여,
내가 네 땅을 차지해야겠다.
우리 아버지는 적자만큼 서자인 에드먼드도
사랑하시지. "적자"란 멋진 말이야!
자, 나의 적자여, 이 편지가 성공해서 내 계획이
잘 통하면, 서자인 에드먼드는 적자의 자리를
차지할 거야. 나는 성장하고, 번창하겠지.
자, 신들이여, 서자들 편을 들어주소서!
(글로스터 등장)

글로스터 켄트가 그렇게 쫓겨나다니! 그리고 프랑스 왕도
그렇게 화를 내며 가버리고! 게다가 폐하께서는
지난밤에 떠나셨고! 스스로의 왕권을 제한하시고
용돈마저 받아 쓸 처지가 되시다니!
이 모든 일들이 순식간에 이뤄졌어! — 에드먼드,
어쩐 일이냐? 무슨 일이라도 있느냐?

에드먼드 (편지를 주머니에 넣는다) 아닙니다.

글로스터 왜 그렇게 열심히 편지를 감추려 하느냐?

에드먼드 특별한 일은 아닙니다.

글로스터 무슨 편지를 읽고 있었느냐?

에드먼드 아무것도 아닙니다.

글로스터 아무것도 아니라고? 그러면 어찌하여 그렇게 서둘러서 편지를 주머니에 넣었느냐? 아무것도 아니라면 그렇게 숨길 이유가 없을 텐데. 내게 보여 주거라 — 어서! 아무것도 아니라니, 돋보기도 필요 없겠군.

에드먼드 용서해주십시오. 이 편지는 형님이 보낸 것인데, 아직 다 읽지 못했습니다. 그런데 지금까지 읽은 내용으로 봐서는 아버지께서 살펴보시기에 적절치가 않습니다.

글로스터 그 편지를 내어 놓거라.

에드먼드 이 편지를 안 드릴수도, 드릴 수도 없군요. 부분적으로 제가 읽고 이해한 바로는 내용이 비난받을만합니다.

글로스터 어디, 어서 보여 다오.

에드먼드 형님의 입장해서 말씀드리자면, 그저 형님이 저의 미덕을 시험하기 위해서 이 편지를 썼기만을 바랄뿐입니다.

글로스터 (읽는다) "나이를 존중하는 이 책략이 우리들의 좋은 시절을 망쳐버려서, 나이 들어 누릴 수 없을 때까지 재물을 물려받지 못하는구나. 늙은 폭군의 압제가 쓸모없고 어리석은 속박을 만들고 있지만, 힘이 있어서 그런 게 아니라 우리가 참아주기 때문이지. 내게 오거라, 이 문제에 대해 좀 더 이야기 할 수 있도록. 내가 깨울 때까지 우리 아버지가 잠들어 있다면, 너는 영원토록 아버지

수입의 절반을 누릴 수 있고, 네 형의 사랑스런 동생으로 살아갈 수 있을게다. 에드가." 흠! 음모로군! "깨울 때까지 잠들어 있다면, 너는 아버지의 수입의 절반을 누릴 수 있다" — 내 아들 에드가, 그놈의 손으로 이 편지를 썼다고? 심장과 머리로 이런 생각을 해냈고? 언제 이 편지를 받았느냐? 누가 전해주었고?

에드먼드 제게 전해진 것이 아닙니다. 그러니 어떤 속임수가 있겠지요. 제 서재의 창틈 사이로 누군가 던져 놓은 것을 발견했습니다.

글로스터 네 형의 글씨체가 맞지?

에드먼드 내용이 좋다면야 확실히 그렇다고 말씀드리겠지만, 이 편지 내용을 보니 아니길 바랄 뿐입니다.

글로스터 놈의 것이지?

에드먼드 형님의 필체가 맞긴 하지만, 마음은 그렇지 않기를 바랄 뿐입니다.

글로스터 이 일에 대해서 네 형이 너를 떠본 적이 있느냐?

에드먼드 전혀 없습니다. 하지만 형님이 종종 이렇게 주장하는 소리를 들었던 적은 있습니다. 아들이 성인이 되고 아버지가 나이가 들면 아버지는 아들의 보호를 받고 아들이 아버지의 수입을 관리하는 것이 맞는다는 주장을요.

글로스터 이런 나쁜 놈, 불한당 같으니라고! 이 편지에 담긴 바로 그 내용이로구나. 끔직한 놈이로구나! 부모 자식 간 도리를 저버린, 끔찍하고 짐승 같은 놈이야 — 아니 짐승보다도 못하지! 너, 당장 가서 그 놈을 찾아라! 그놈을 붙잡아야겠구나. 사람 같지도 않은 놈, 이놈이 어디 있느냐?

에드먼드 잘 모르겠습니다. 괜찮으시다면 형의 마음을 제대로 알아보실 때까지 화를 참으시는 것이 옳은 길인 것 같습니다. 오히려 급하게 형을 몰아가시다가 형의 의도를 잘못 이해하신다면, 아버님 명성에 커다란 흠이 생기고 형님의 순종하는 마음마저 산산조각 내실 수 있습니다. 제 목숨을 걸고 말씀 드리건대, 형님은 제가 아버지를 사랑하는지 시험해보려고 이 편지를 썼을 뿐, 다른 위험한 의도는 없을 것입니다.

글로스터 그렇게 생각하느냐?

에드먼드 아버지께서 판단해보시고 괜찮다고 생각하시면, 이 문제에 대해 형님과 제가 이야기 하는 것을 엿들으실 수 있도록 해드리겠습니다. 직접 들어보시면 의문이 풀리시겠죠. 더 이상 지체하지 않고 바로 오늘 저녁에 자리를 마련하겠습니다.

글로스터 그녀석이 그렇게 흉악한 놈은 아니겠지.

에드먼드 분명 그럴 리가 없겠죠.

글로스터 자기를 그렇게 온전히 사랑하는 아비에게 말이지. 아, 천지신명이시여! 에드먼드, 그 놈을 찾아 보거라. 부탁한다, 나를 대신해서 그 녀석 속마음을 떠보아라. 네 지혜를 이용해서 일을 꾸며보란 말이다. 내 모든 것을 다 걸어서라도 이 일을 제대로 알아보고 싶구나.

에드먼드 지금 바로 형님을 찾아보겠습니다. 방법을 찾아서 신중하게 일을 처리하는 대로 즉시 알려 드리겠습니다.

글로스터 최근에 있었던 일식과 월식은 우리에게 나쁜 조짐이었어. 자연과학자들이 이런 저런 설명들을 하지만, 자연계는 필연적인 결과의 영향으로 고통을 받지. 사랑은 식어버리고, 우정도 금이 가고, 형제 사이는 멀어지지. 도시에서는 반란이 일어나고, 시골에서는 불화가 생겨난다. 궁정에서는 반역이 일어나고, 아버지와 아들 사이의 관계도 깨어지지. 내가 키운 악한 놈에 대해서도 이 조짐이 들어맞는군 — 아버지에게 맞서는 아들이니까. 좋은 시절은 다 살았구나. 음모와 속임수, 반역, 온갖 파괴적인 무질서가 근심스럽게 우리를 따라와 결국 죽음에 이르게 하는구나. 에드먼드, 이 악당을 찾아내라. 네가 손해 볼 일은 없을 것이다. 신중하게 하고. — 그런데 훌륭하고 진실한 켄트가 추방되다니! 죄가 있다면 그건 정직함뿐인데! 알 수 없는 일이야, 정말로! (퇴장)

에드먼드 정말로 터무니없게 어리석은 세상이야. 흔히 스스로의 잘못으로 인해 불행해지거나 손해를 볼 때, 태양과 달, 별들 탓을 하지. 마치 우리가 의지와는 상관없이 악당이 되고 하늘의 압박을 받아 어리석은 행동을 해서, 천체의 영향력에 의해서 어쩔 수 없이 악당이나 도둑, 반역자가 된다고 생각하니까. 항성들의 필연적인 영향력으로 인해 주정꾼이나 사기꾼, 간음하는 자가 된다고. 우리가 못된 짓을 하는 모든 환경들이 다 하늘이 강요한 것이라고 말이지. 호색한이 자신의 음란한 기질을 별 탓으로 돌리는 것처럼 기가 막히게 둘러대는 셈이지. 내 아버지는 용의 꼬리 성좌[1] 아래에서 어머니와 한 몸 되었으니, 내가 태어날 때 별자리는 큰곰자리로군. 그러니 내가 거칠고 호색적이고. 어처구니가 없군! 내가 서자로 태어나던 순간 하늘의 가장 정숙한 별자리가 반짝였더라도 나는 변함없이 지금이 나였을 거야.

(에드가 등장)

옛날 희극의 결말처럼 마침 에드가가 오는군. 내 역할은 베들레헴의[2] 거지 톰처럼 한숨지으며 아주 우울해하는 것이야. — 오, 이들 일식과 월식은 정말로 이런 불협화음을[3] 예견하는구나. 파, 솔, 라, 미.

에드가 에드먼드, 무슨 일이야? 무슨 생각을 그리 골똘히 하고 있느냐?

에드먼드 형님, 며칠 전에 읽었던 일식과 월식의 결과에 대한 예언에 대해 생각하고 있던 중이었습니다.

에드가 그런 일로 신경을 쓰고 있었느냐?

에드먼드 분명히 말씀드리지만, 그 예언의 결과는 불행한 일들뿐입니다. 자식과 부모 간에 인륜이 끊어지고, 죽음과 기근이 오며, 오랜 우정이 깨어지고, 왕국이 분열되고, 왕과 귀족들에게는 위협과

---

1) 용은 사탄(Satan)을 상징하며, 따라서 사악한 기운을 의미한다.

2) 베들레헴 보호소(Bethlehem Hospital)를 의미하며 당시 런던의 정신병자나 거지들을 수용하던 곳이다.

3) "갈등"을 의미하는 원문의 "division"은 동시에 음계의 불일치(discord)를 의미한다.

저주가 내립니다. 불필요한 의심이 생겨나서, 친구가 추방되며, 동료들이 흩어지며, 결혼이 파탄 나는 등의 일이죠.

에드가 언제부터 점성술을 믿어 왔느냐?

에드먼드 그나저나 아버지를 마지막으로 뵌 것이 언제 입니까?

에드가 지난밤이었지.

에드먼드 아버지와 말씀을 나누셨지요?

에드가 물론이지, 두 시간 동안이나 함께 말이야.

에드먼드 기분 좋게 헤어지셨습니까? 말씀이나 표정에서 언짢아하시는 느낌은 없었나요?

에드가 전혀.

에드먼드 혹시 아버지 기분을 상하게 해드리지는 않았는지 잘 생각해보세요. 그리고 부탁드립니다, 아버지 기분이 풀리실 때까지 한동안 아버지 눈앞에 나타나지 마세요. 지금 너무 화가 나셔서 형님을 때리는 정도로는 분이 풀리지 않으실 겁니다.

에드가 어떤 나쁜 놈이 나를 모함했구나.

에드먼드 그런 것 같습니다. 제발 아버지의 분노가 누그러질 때까지 자제하며 아버지를 피해 다니세요. 저와 함께 제 숙소로 가시지요. 적당한 때에 그곳에서 아버지가 하시는 말씀을 듣게 해드리겠습니다. 자, 가시죠. 여기 열쇠가 있습니다. 혹시 밖에 나가시려면, 무장을 하고 나가세요.

에드가 무장을 하라고?

에드먼드 형님, 최선의 대비를 하시라는 것이니, 무장을 하세요. 형님께 좋은 일만 있다고 말한다면, 저는 거짓말을 하는 셈이니까요. 그저 보고 들은 바를 어렴풋이 말씀 드리는 것입니다. 끔찍한 실상에는 못 미치는 정도로요. 그러니, 어서 가세요!

에드가 곧 너에게서 소식을 들을 수 있겠지?

에드먼드 최선을 다해보겠습니다. (에드가 퇴장)

쉽게 속는 아버지와 남에게 해를 끼치지 못하는
성품에 아무도 의심 하지 않는 고상한 형이야 —
그 바보 같은 고상함 덕분에 내 계략이
잘 통하는군! 무엇을 해야 할지 알겠어.
출생으로 안 된다면 머리를 써서라도
땅을 차지해야겠다.
내 목적에 들어맞는 일이라면 다 괜찮아. (퇴장)

1막 3장

올버니 공작의 궁전 방 안. 고너릴과 그녀의 집사 오스왈드 등장

고너릴 바보광대를 야단쳤다는 이유로 아버지가 내 신하를 때렸단 말이지?

오스왈드 네, 마님.

고너릴 밤낮으로 나를 괴롭히는구나. 매 시간 이런저런
일들을 저질러서 모두를 곤란하게 만들고.
참을 수가 없구나. 아버지의 기사들은 점점 더
소란을 피우고, 아버지는 모든 사소한 일에도
우리를 나무라니. 사냥에서 돌아와도, 아버지와
이야기를 나누지 않겠다. 내가 아프다고 해라.
아버지를 이전보다 소홀히 모시도록 해라.
그 잘못에 대한 책임은 내가 질 테니.

(무대 안쪽에서 뿔 나팔 소리)

오스왈드 아버님께서 오십니다, 마님. 오시는 소리가 들리네요.

고너릴 너와 네가 부리는 하인들 모두 지쳐서
신경도 안 쓰는 척 해라. 이 일로 화를 내도록
만들어야겠구나. 이게 싫다면, 내 동생에게
가도록 하겠다. 동생이나 나나 같은 생각인걸.
누구의 명령도 안 받으려는 마음 말이야.
어리석은 노인네 같으니, 이미 주고 없는 권력을
휘두르려 하다니. 정말이지, 늙은 바보들은
다시 어린애가 된다니까. 그러니 엉뚱한 생각을
할 때는 아첨과 비난을 함께 써야만 하지.
내가 한 말을 잊지 말거라.

오스왈드 잘 알겠습니다, 마님.

고너릴 그리고 아버지의 기사들을 무시해라.
무슨 일이 생겨도 상관없다. 네가 부리는
하인들에게도 그렇게 알리고.
이 일로 꼬투리를 잡아서 말을 꺼내야겠다.
리건에게도 나와 똑같이 하라고 편지를
써야겠구나. 저녁 준비를 하거라. (퇴장)

1막 4장

같은 장소. 변장한 켄트 등장

켄트 변장한 내 모습처럼 다른 억양을 빌려
내 말투를 숨긴다면, 나의 원래 모습을 지워버린
선한 의도를 완전히 이룰 수 있겠지.
자, 추방당한 켄트여, 추방된 이곳에서
섬길 수 있다면 네가 사랑하는 주인이
너의 수고를 알아 줄 것이야.
(무대 안쪽에서 뿔 나팔 소리. 리어와 서너 명의 기사들 등장)

리어 조금도 지체 말고 저녁 식사를 준비해라. 어서 가서 준비해.
(기사1 퇴장)
(켄트에게) 아니, 너는 누구냐?

켄트 사람입니다, 어르신.

리어 하는 일이 무엇이냐? 짐에게 바라는 것이 무엇이냐?

켄트 보이는 그대로라고 말씀 드리겠습니다. 저를 믿어주는 분을 진심으로 섬기고, 정직한 분을 사랑하며, 현명하고 말수가 적은 분과 가까이 지내며, 하늘의 심판을 두려워하고, 어쩔 수 없을 경우에만 싸우고 — 물고기를 먹지 않습니다.

리어 그러면 대체 넌 어떤 사람이란 말이냐?

켄트 매우 정직한 심성을 지닌 사람이며, 왕처럼 가난한 자입니다.

리어 왕이 왕으로서 가난한 만큼 그대가 신하로서 가난하다면 정말로 가난한 셈이군. 무슨 일을 하고 싶은가?

켄트 섬기고 싶습니다.

리어 누구를 섬기고 싶은가?

켄트 어르신을요.

리어 자네, 과인을 아는가?

켄트 모릅니다. 하지만 어르신의 모습은 제가 기꺼이 주인님 이라고 부를 만한 무언가를 지니고 있습니다.

리어 그것이 무엇이냐?

켄트 권위입니다.

리어 무슨 일을 할 수 있느냐?

켄트 영예로운 비밀을 지킬 수 있으며, 말을 타고, 달릴 수 있으며, 복잡한 이야기를 제대로 전달할 수는 없으나 간단한 전갈은 분명히 전달할 수 있습니다. 평민들이 하기 적합한 일을 하기에 소질이 있지요. 게다가 저의 최고의 장점은 부지런함 입니다.

리어 나이가 몇 인고?

켄트 노래를 잘한다는 이유로 어떤 여자와 사랑에 빠질 만큼 젊지도 않고, 이유 없이 여인에 빠져들 만큼 늙지도 않았습니다. 등에 마흔 여덟의 세월을 짊어지고 있습니다.

리어 따라오너라. 앞으로 나를 섬기게 될 것이다. 저녁을 먹은 후에도 네가 싫지 않으면, 너와 헤어지지 않겠다. 여봐라, 저녁, 저녁은 어찌 되었느냐? 내 바보광대는 어디 있느냐? 네가 가서 바보광대를 이리로 데려오너라. (기사2 퇴장)

(오스왈드 등장)

여봐라, 너, 너 말이다. 내 딸은 어디 있느냐?

오스왈드 잠시만요 — (퇴장)

리어 저 녀석이 뭐라고 하는 거냐? 저 얼간이를 데려오너라.

(기사3 퇴장)

내 바보광대는 어디 있느냐? 여봐라, 세상 모두가 잠든 것 같구나.

(기사3 재등장)

어찌 되었느냐? 그 개자식은 어디 있느냐?

기사3 폐하, 그가 말하길 따님 몸이 안 좋다고 합니다.

리어 내가 불렀는데도 그 놈은 왜 돌아오지 않는 것이냐?

기사3 폐하, 그자는 저에게 매우 퉁명스럽게 말했습니다, 오지 않겠다고요.

리어 안 오겠다고?

기사3 폐하, 무슨 문제인지 모르겠습니다만, 제가 보기에 폐하께서는 전과 같은 애정 어린 환대를 받지 못하고 계신 것 같습니다. 하인들의 태도가 매우 불손 해졌습니다. 공작도 그렇고, 따님도 마찬가지입니다.

리어 하! 정말 그렇게 생각하느냐?

기사3 제가 잘못 본 것이라면 용서해주십시오, 폐하. 하지만 폐하께서 잘못된 대우를 받으신다 생각할 때 잠자코 있는 것은 저의 도리가 아니기 때문에 그렇습니다.

리어 자네는 내가 생각하고 있던 것을 다시 일깨워준 것뿐이야. 요즘 들어 홀대 받는다는 느낌이 들었지. 의도적으로 불손한 것이 아니라 그저 나의 지나친 의심 탓으로 돌렸고. 이 문제에 대해 좀 더 알아보겠다. 그나저나 내 바보광대는 어디 있느냐? 지난 이틀간 못 보았구나.

기사3 막내 따님이 프랑스로 간 후로 바보광대가 많이 수척 해졌습니다.

리어 그만 하거라, 과인도 잘 알고 있으니. 가서 내 딸에게 전하거라. 할 말이 있다고. (기사3 퇴장)

너도 가서 내 바보광대를 이리 데려오고.

(기사4 퇴장)

(오스왈드 다시 등장)

오 그래, 너, 바로 너 말이다. 이리 오너라. 내가 누구냐?

오스왈드 제 마님의 부친이시죠.

리어 "제 마님의 부친입니다?" 못된 놈, 천한 개 후레자식, 노예 자식, 똥개 같은 놈아!

오스왈드 죄송합니다만, 폐하, 저는 그런 자가 아닙니다.

리어 이놈이 지금 감히 나를 노려보는 것이냐?

(오스왈드를 때린다)

오스왈드 폐하, 더 이상 맞지는 않겠습니다.

켄트 (오스왈드의 발을 걸어 넘어뜨린다) 아니면 넘어지겠지, 공이나 차는 이 비천한 놈아.

리어 자네, 고맙군. 나를 섬기니 자네를 잘 대해줘야겠어.

켄트 자, 일어나 꺼져 버려! 상전을 어떻게 모셔야 하는지 가르쳐주겠다. 어서 꺼져버리라니까! 다시 한 번 내 발에 걸려 바닥에 누워 있고 싶다면, 여기 있던지. 아니면 꺼져버리라고, 어서. 이제 알아들었나? 그래, 그래야지!

(오스왈드를 밀쳐낸다)

리어 자, 이제 내 친절한 하인이 되었군. 고맙네. 이건 선금이야. (켄트에게 돈을 준다)

(바보광대 등장)

바보광대 나도 저자를 고용해야겠구먼. (켄트에게 자신의 고깔모자를 건

넨다) 자, 내 고깔모자다.

리어 어서 와라, 이 녀석아. 잘 지내느냐?

바보광대 (켄트에게) 이봐, 내 모자를 받는 게 좋을 거야.

리어 왜 그렇지?

바보광대 왜냐고? 불리한 쪽을 편들고 있기 때문이지. 아니지, 힘 있는 자의 호감을 얻지 못한다면, 곧 차가운 바깥으로 쫓겨날 테니까. 자, 내 모자를 잡으라고. 이런, 이 친구도 두 딸들을 내쫓았어, 셋째에게는 마음에도 없는 축복을 했고. — 이 친구를 따라다닐 거라면, 내 모자를 써야만 할 거야. (리어에게) 어때요, 아저씨? 내게도 고깔모자가 두개 있고, 딸도 둘이 있으면 좋으련만.

리어 어째서?

바보광대 딸들에게 전 재산을 모두 줘도, 내 모자는 챙겨야 하니까. 이건 내 모자야. 또 다른 모자는 아저씨 딸들에게 달라고 해.

리어 이놈아, 회초리를 맞을 수도 있어.

바보광대 진실은 개집으로 가야만 하는 개와 같아. 암캐가 불가에 앉아 있으면서 냄새를 풍길 때, 그 개는 회초리를 맞으며 쫓겨나거든.

리어 쓰린 상처를 주는 놈!

바보광대 이봐, 한 말씀 가르쳐드리지.

리어 그래라

바보광대 잘 들어봐, 아저씨.

보여주는 것보다 많은 것을 갖고,

아는 것보다 적게 말하고,
갖고 있는 것보다 적게 빌려주고,
걷기 보다는 말을 더 타고,
믿기보다는 더 들어보고,
한 판에 모든 것을 걸지 말고,
술과 여자를 멀리 하고,
집 안에 틀어박혀 있어라.
그러면 돈을 아끼고 이득을 볼 테니까.

켄트 보잘것없는 말이로군.

바보광대 그렇다면 이건 보수를 받지 못한 변호사의 말과 같군. 나에게 아무것도 주지 않았잖아. (리어에게) 아저씨, 아무것도 없으면 얻는 것도 없지?

리어 당연히 그렇지. 아무것도 없으니 아무것도 안 생기겠지.

바보광대 (켄트에게) 저 아저씨께 말해줘, 땅을 줘버렸으니 돌아오는 것도 없다고. 바보광대 말은 믿지 않을 거야.

리어 고약한 바보광대 놈!

바보광대 이봐, 아저씨. 고약한 광대와 달콤한 광대의 차이를 아시나?

리어 모르니 알려다오.

바보광대 땅을 줘버리라고 아저씨께 충고한 그 양반을 이리 내 곁에 데려오고, 아저씨가 그 사람을 역을 맡아봐. 달콤한 광대와 고약한 광대가 곧바로 등장할 테니. 얼룩덜룩한 광대 옷을 입은 자가 여기 있고, 다른 광대는 저기 있네.

리어 나를 바보광대라 부르는 것이냐?

바보광대 아저씨의 다른 모든 직함들은 다 줘버렸으니, 타고난 바보이지.

켄트 폐하, 이 녀석이 완전히 바보는 아니군요.

바보광대 정말 그렇지. 높은 양반들이 날 그렇게 두지 않아. 내가 온전히 바보 노릇을 하려 해도, 그 양반들이 한몫 하려 하거든. 게다가 귀부인들까지 나 홀로 바보 노릇 못하게 할 거야. 빼앗으려 하겠지. 아저씨, 계란 하나 주면 왕관 두 개를 줄게.

리어 무슨 왕관을 두 개나?

바보광대 그야 뭐, 계란을 반으로 잘라서 속을 먹으면 계란 껍데기 두 개의 왕관이 되지. 아저씨 왕관을 반으로 잘라서 양쪽을 주고 나면, 나귀를 등에 업고 진흙 위를 걷는 셈이야. 황금 왕관을 줬을 때 그 대머리 속 지혜까지 사라져버린 거라고. 내가 바보광대처럼 말하고 있지만 이것이 진실이라면, 그걸 알아챈 사람이 회초리를 맞아야 하겠지.

(노래한다) 바보광대들이 이렇게
인기를 끌지 못한 적이 없어요,
현명한 사람들이 바보광대보다
더 바보 같으니까요.
어떻게 재치를 부려야 할지 몰라서
어설프게 광대 흉내만 내고 있네요.

리어 이 녀석아, 언제부터 그렇게 노래를 잘하게 되었어?

바보광대 아저씨가 딸들을 아저씨 엄마로 만든 다음부터 노래 연습을 했지. 아저씨가 딸들에게 회초리를 주고 바지를 내릴 때,

(노래한다) 딸들은 갑작스런 기쁨에 울음을 터뜨렸고,
나는 슬퍼서 노래했으니,
이런 왕이 숨바꼭질 하면서,
바보들 사이로 가야만 하다니.

아저씨, 부디 아저씨 바보광대에게 거짓말 하는 법을 가르칠 수 있는 선생을 구하세요. 기꺼이 배울 테니까.

리어 이놈, 거짓말하면 회초리 맞을게다.

바보광대 아저씨와 딸들이 얼마나 닮았는지를 보면 놀라워. 내가 진실을 말한다고 아저씨 딸들은 내게 매질을 하려하고, 아저씨는 내가 거짓말 한다고 때리려 하니. 게다가 어떤 때는 잠자코 있어도 맞으니 말이야. 바보광대만 아니라면 뭐든 되고 싶어. 그렇지만 아저씨처럼 되고 싶지는 않아. 아저씨는 양쪽의 분별력을 깎아버리고 가운데엔 아무 것도 안 남겨놓았잖아. 저기 한 쪽이 오는군.

(고너릴 등장)

리어 딸아, 무슨 일이냐? 왜 그리 인상을 쓰고 있느냐? 요즘 표정이 너무 안 좋아 보이는구나.

바보광대 아저씨는 딸의 표정 살필 필요 없을 때가 괜찮았었지. 이제 아저

씨는 아무 숫자도 없이 그저 “0”이야. 그러니 아저씨보다는 내가 낫지. 나는 바보광대이기라도 하지, 아저씨는 아무것도 아니잖아. (고너릴에게) 네에, 이젠 정말 입 다물고 있겠습니다요. 아무 말씀 없지만, 얼굴 표정이 그리 하라 하시니까요. 쉿, 조용히!

　질리도록 먹어서
　빵 껍질도 빵 조각도 다 버린 자는
　결국엔 아쉬워할 거야.

(리어를 가리키며) 저건 속 빈 콩깍지야.

고너릴 아버지, 이렇게 제멋대로인 바보광대뿐만 아니라
오만한 다른 시종들도 시도 때도 없이 불평하고
말다툼하며, 상스럽고 참을 수 없는 소란을
일으킵니다.
아버지께 이 일을 알려드려서 확실한 대책을
마련하려고 했지만, 최근에 하신 말씀과
행동을 보니 오히려 아버지께서 그런 행동들을
감싸주시고 부추기신 것은 아닌지
염려가 되는 군요. 만일 그렇다면, 비난을
피할 수 없으며, 그에 대한 대가를 치러야
하겠지요. 국가의 질서를 바로 잡는 과정에서
아버지께 해가 갈 수 있습니다. 다른 경우라면
적절하지 못한 일이겠으나, 지금 상황에서는

어쩔 수 없습니다.

바보광대 아저씨도 아시다시피,
바위종다리가 뻐꾸기를 너무 오래 키워서
그 새끼 뻐꾸기에게 머리를 뜯어 먹혔죠.
그렇게 촛불은 꺼지고 우리는
어둠 속에 남겨졌네요.

리어 네가 짐의 딸이 맞느냐?

고너릴 아버지,
제가 아는 아버지의
온전한 지혜를 사용하셔서,
최근 들어 달라지신 아버지의 기질을
버리시면 좋겠습니다.

바보광대 어떤 멍청이라도 마차가 말을 끌 때를 알겠지?[1] 와, 저그여, 그대를 사랑하오.[2]

리어 여기 누구든 과인을 아는 이가 없는가?
이건 리어가 아니야. 리어가 이렇게 걷고 이렇게 말하는가?
그의 눈은 어디에 날려있단 말인가?
이해력이 떨어졌거나 분별력이 무뎌졌구나.

---

1) 마차가 말을 끄는 경우처럼 고너릴이 리어에게 도리에 맞지 않는 말을 하고 있음을 꼬집는 말이다.

2) 저그(Jug)는 조앤(Joan)의 별칭으로 보통 매춘부를 의미한다. 여기서는 바보광대가 자신을 매섭게 쏘아보는 고너릴의 눈초리를 회피하려고 하는 말이다.

하! 지금 내가 꿈을 꾸고 있는 것인가?
분명 그건 아닌데.
내가 누구인지 말할 수 있는 자가 누구인가?

바보광대 리어의 그림자이지.

리어 알고 싶구나. 왕권의 권위와 지혜와 이성에 비추어볼 때, 내게 딸
들이 있다고 잘못 알고 있었어.

바보광대 딸들은 아버지를 고분고분하게 만들 것이고.

리어 이름이 무엇이오, 아름다운 부인?

고너릴 이렇듯 과하게 놀라는 척 하는 모습에서
아버지의 새로운 장난기가 느껴집니다.
부디 제 의도를 제대로 이해해주세요.
나이 드시고 존경받는 만큼 현명하셔야죠.
이곳에서 아버지가 거느리신 백 명의 기사들과
종자들은 무질서하고 방탕하고 뻔뻔해요.
그러니 그자들의 행실에 더렵혀진 저의 궁궐이
이제는 소란스런 여관처럼 보일 지경입니다.
잔뜩 먹고 마시며 여자들과 놀아나니
이곳이 우아한 궁전이 아니라 오히려 술집이나
매음굴처럼 되어버렸어요.
부끄러워서 당장이라도 무슨 수를 써야겠어요.
그러니 저의 부탁을 들어 주시던지 아니면

저의 간청을 받아 주셔서 아버지를 따르는
사람들의 수를 조금이라도 줄여주세요.
아버지의 연세에 걸맞고 자신들과 아버지가
어떻게 처신해야 하는지를 아는 사람들만
남겨 두세요.

리어 어둠과 악마들이여!
말에 안장을 얹어라. 내 부하들도 불러 모으고.
못된 것, 더 이상 네게 신세지진 않겠다.
내겐 아직 딸이 하나 더 있으니까.

고너릴 아버지께서는 제 하인들을 때리시고,
아버지를 따르는 무질서한 폭도들은
자신들보다 높은 신분의 사람들마저
하인처럼 여깁니다.

(올버니 등장)

리어 너무 늦게 후회하는 자에게 오는 고통이여!
아, 자네 왔는가? 이것이 자네의 뜻인가?
말해보게. 말들을 준비시켜라. (기사 한 명 퇴장)
냉혹한 악마 같은 너, 배은망덕이여,
네 모습이 자식에게서 드러나니
바다 괴물보다도 더 끔찍하구나.

올버니 폐하, 고정하십시오.

리어 (고너릴에게) 혐오스런 솔개, 이 거짓말쟁이야!
내 부하들은 선별하여 고른 최고의 성품을 지닌
자들이다. 도리를 자세히 알고 이름에 걸맞도록
모든 면에서 엄격하게 행동하는 사람들이야.
아, 코딜리어에게서는 가장 사소한 결점마저
어찌 그리도 나쁘게 보였던가. 마치 지렛대처럼
그런 사소한 결점이 나의 자연스런 감정을
뒤집어 놓아서, 내 마음 속 모든 사랑을 뽑아내고
분노로 그 자리를 채워 놓았구나. 오, 리어여,
리어여, 리어여! (자신의 머리를 때린다)
어리석음을 들여놓고 소중한 분별력을 내보낸
이 대문을 부수리라. 자, 모두들 가자.
(켄트, 기사들, 그리고 시종들 퇴장)

올버니 폐하, 무엇이 폐하를 분노하게 만들었는지 모르는
저는 아무 잘못이 없습니다.

리어 공작은 그럴 수 있겠지.
자연이여, 들으소서. 사랑스런 여신이여,
들어주소서. 이 녀석이 자손을
많이 낳게 하시려거든 그 뜻을 거두소서.
그녀의 자궁에 불임을 가져다주시길.
그녀의 생식기관들을 말려버려서, 그녀의 천한

몸뚱이에서 그녀를 기쁘게 할 아이가 결코
태어나지 않게 하소서.
그래도 아이를 낳아야만 한다면,
못된 성품의 아이를 낳게 하셔서,
그녀를 괴롭히는 못된 자식을 갖게 하소서.
그런 자식이 어미의 젊은 이마를 주름지게 하고,
흐르는 눈물로 뺨에 수로가 생기게 하여,
어미의 수고와 자식을 통한 즐거움을
비웃음과 조롱거리로 만드소서.
그리하여 고마움을 모르는 자식을 갖는 것이
뱀의 이빨보다 더한 고통임을 느끼게 하소서! 가자, 어서!
(리어와 바보광대 퇴장)

올버니 신들이시여, 어찌 된 일입니까?

고너릴 더 이상 알려고 애쓰지 마세요.
그저 아버지 마음대로 하도록 내버려 두시라고요.
망령이 드셨으니까요.

(리어 다시 등장. 뒤이어 바보광대 등장)

리어 아니, 단번에 오십 명으로?
보름도 안 되어서?

올버니 무슨 일이십니까, 폐하?

리어 말해 주지. (고너릴에게) 네가 이렇게까지

내 남자로서의 자존감을 흔들어 놓아서
주체할 수 없이 눈물을 흘리다니. 이 눈물만큼의
가치도 없는 너 때문에 뜨거운 눈물이 흐르니
수치스럽구나. 네게로 저주가 쏟아지길!
아비의 저주가 가져올 깊은 상처들이
네 몸 구석구석으로 파고들 것이다.
늙고 어리석은 나의 눈이여, 이런 이유로 다시
눈물을 보인다면, 내 너를 뽑아버리고,
네가 흘린 눈물과 더불어 던져 버려
진흙과 섞이게 하리라. 그래, 결국 이런 것인가?
하! 그렇다면 할 수 없지.
내게는 딸이 하나 더 있어. 틀림없이 다정하게
날 위로해줄 딸 말이야. 네가 한 짓을 그 애가
듣게 되면, 손톱으로 늑대 같은 네 얼굴 가죽을
벗겨 놓을게다.
너는 내가 영원히 내 모습을[3] 벗어 버린 것으로
생각하겠지만, 곧 알게 될 것이야.
나는 그 모습을 되찾을 것이다. 분명히 말하지만,
곧 그리 될 것이다. (퇴장)

고너릴 들으셨죠?

---

3) 리어는 아직도 자신을 실권을 쥔 왕으로 여기고 있다.

올버니 고너릴, 그대를 향한 내 사랑이 크다 해도
당신 편만을 들 수는 없소.

고너릴 제발, 그쯤에서
그만 하세요. 오스왈드, 거기 있느냐?
(바보 광대에게) 너, 광대라기보다는 건달 같은 놈, 네 주인이나
따라가거라.

바보광대 리어 아저씨, 리어 아저씨, 잠깐만요. 바보광대도 데려가야지.
붙잡은 여우와
저런 딸은
도살장으로 보내야만 하지,
내 모자로 밧줄을[4] 살 수 있다면 말이야.
그러니 바보광대도 따라간다. (퇴장)

고너릴 이 노인네가 정말 제대로 판단하셨군요!
일백 명의 기사라니요! 그 양반에게 무장한
백 명의 기사를 거느리게 하는 것이 참으로
현명하고 안전한 일이지요![5] 그렇죠,
꿈 꿀 때마다, 소문을 들을 때마다, 망상에
빠지거나, 불평하거나, 언짢아질 때마다,
이 노인네가 거느린 병력으로 자신의 노망기를

---

4) 여우와 딸을 묶을 수 있거나 교수형에 처할 수 있는 밧줄을 말한다.
5) 지금 고너릴은 비꼬듯 반어적으로 말하고 있는 것이다.

보호하며 우리의 명줄을 쥐고 있을 테니까요.
오스왈드, 거기 있느냐!

올버니 글쎄, 걱정이 지나친 것 같소.

고너릴 지나치게 믿는 것 보다는 안전하겠죠.
계속해서 걱정에 사로잡히느니, 차라리
염려스러운 해악을 제거하겠어요.
아버지의 마음을 알아요. 아버지가 한 이야기들을
동생에게 편지로 썼죠. 그 부당함을
알려 줬는데도 만일 동생이 아버지와
백 명의 기사들을 받아들인다면 —

(오스왈드 등장)

오스왈드 왔습니다, 마님.

고너릴 어찌 되었느냐? 내 동생에게 편지를 썼느냐?

오스왈드 예, 마님.

고너릴 하인 몇 명을 데리고 말을 타고 가거라.
동생에게 내가 걱정하는 바를 자세히 전하고,
거기에 네 설명을 덧붙여서 보다 확실하게
알려주어라. 길을 나서거라.
서둘러 돌아오고. (오스왈드 퇴장)
아니에요, 이건 아닙니다.
당신의 온유하고 점잖은 행동을 비난할 수는

없다지만, 실례를 무릅쓰고 말씀드리지요.
위험한 자비심 때문에 칭찬 받기보다는 오히려
판단력이 부족하다고 비난 받으실 거예요.

올버니 당신이 얼마나 멀리 내다보는지 알 수는 없지만,
더 잘 하려다가 오히려 일을 그르치는 법이오.

고너릴 아니, 그렇다면 —

올버니 자, 자, 결과를 지켜봅시다. (퇴장)

1막 5장

올버니 궁전 앞. 리어, 변장한 켄트, 바보광대 등장

리어 (켄트에게) 이 편지를 갖고 먼저 글로스터로 가거라. 네가 알고 있는 것에 대해서 말하지 말고 그저 내 딸이 편지를 읽고 물어보는 것에 대해서만 알려 주거라. 서두르지 않으면, 과인이 너보다 먼저 그곳에 도착해 있을 것이야.

켄트 폐하, 이 편지를 전달하지 전까지는 잠들지 않겠습니다.

(퇴장)

바보광대 사람의 머리가 발뒤꿈치에 붙어 있다면 동상에 걸릴 위험이 있을까?

리어 그렇겠지, 꼬마야.

바보광대 그렇다면 기뻐해야겠네. 아저씨 머리는 동상 걱정에 슬리퍼를 신을 필요가 없겠어.

리어 하, 하, 하.

바보광대 둘째 딸이 아저씨를 친절하게 대할지 곧 알게 될 거야. 산사과가 사과를 닮았듯이 둘째도 첫째를 닮았지만, 말할 수 있는 것만 말할 수 있지.

리어 그래, 무엇을 말할 수 있을까?

바보광대 산사과는 산사과 맛이 나듯이, 둘째에게서도 첫째와 똑같은 맛을 보게 될 거란 말이지. 왜 사람의 코가 얼굴 가운데 있는지 아저씨는 모르지?

리어 모르겠구나.

바보광대 왜 그렇겠어? 코 양쪽에 눈을 붙여놔서 냄새 맡을 수 없는 것을 볼 수 있게 하려는 거지.

리어 내가 그 아이에게 잘못을 했구나.

바보광대 굴이 어떻게 껍질을 만드는지 알아?

리어 모른단다.

바보광대 나도 모르지만, 달팽이에게 집이 있는 이유는 알고 있지.

리어 왜 그렇지?

바보광대 그거야 머리를 집어넣기 위해서지. 딸들에게 모두 줘버리고 자기 촉수 하나 넣어 둘 곳도 없으면 안 되기 때문이야.

리어 내 다정한 성품은 버려 버리겠다. 너무나도 다정한 아비였어! 말들은 준비가 되었느냐?

바보광대 아저씨 하인들이 준비하러 갔어. 북두칠성에 별이 일곱 개 뿐인

이유는 뻔하지.

리어 여덟이 아니기 때문이지.

바보광대 정말로 그래! 아저씨는 훌륭한 광대가 되겠어.

리어 내 왕권을 강제로라도 되찾고 말겠다 — 끔찍하게 배은망덕한 것!

바보광대 아저씨가 내 바보광대라면, 너무 일찍 늙었다고 패주었을 거야.

리어 왜 그렇지?

바보광대 현명해지기도 전에 늙어서는 안 되잖아.

리어 하늘이시여, 내가 미치지 않도록, 제발 미치지 않도록 해주소서!
나는 미치지 않을 것이다.
정신을 놓지 않게 해주소서. 나는 미치지 않을 것이야.
(신사 한 명 등장)
어찌 되었느냐? 말들은 준비가 되었느냐?

신사 준비되었습니다, 폐하.

리어 얘야, 가자. (리어와 신사 퇴장)

바보광대 (관객을 향해)
지금 내가 떠나는 모습을 보며 비웃는 여자는
지금은 처녀이지만, 물건들이 짧아지지 않는 한
곧 처녀성을 잃게 될 거야. (퇴장)

2막 1장

글로스터백작의 성. 에드먼드와 큐란이 각자 무대의 다른 곳에서 등장하여 만난다.

에드먼드 잘 있었나, 큐란.

큐란 잘 지내셨습니까, 에드먼드 도련님. 제가 도련님의 부친을 만나 뵙고 콘월 공작과 리건 부인께서 오늘 저녁 이곳에서 묵게 될 것이라고 알려드렸습니다.

에드먼드 무슨 일로?

큐란 잘 모르겠습니다. 바깥소식은 들으셨죠? — 다들 쉬쉬하고 있는 소문 말입니다, 아직 귓전에만 스치는 이야기이긴 하지만요.

에드먼드 못 들었는데. 무슨 소문인지 말해주겠나?

큐란 콘월 공작과 올버니 공작 사이에 전쟁이 있을 것이라는 소문을 못 들으셨나요?

에드먼드 전혀.

큐란 그렇다면 곧 듣게 되실 겁니다. 안녕히 계십시오. (퇴장)

에드먼드 콘월 공작이 오늘 밤에 이곳으로 온다고?
잘 된 일이군 — 아니 최고야! 이 일이 내 계획에
잘 들어맞겠어.
아버지가 형을 잡으려고 파수꾼을 세워놓았으니,
나도 위험하고도 조심스러운 일을 해야만 하겠군.
신속함과 행운이 나와 함께 하길!
형님, 할 말이 있어요. 이리 내려오세요, 어서!

(에드가 등장)

아버지께서 형님을 찾고 계십니다.
형님, 어서 도망가세요! 형님이 숨은 곳이
알려졌어요. 어두운 밤이라 다행입니다.
혹시 콘월 공작을 비난한 적이 있나요?
공작이 부인과 함께 이 밤에 이곳으로
서둘러 오고 있습니다. 콘월 공작 편에 서서
올버니 공작을 비난한 적은 없나요?
잘 생각해보세요.

에드가 전혀, 한마디도 안했는걸.

에드먼드 아버지께서 이리 오시는군요 — 용서하세요.
눈속임으로 형님을 향해 칼을 빼야 하겠습니다.
형님도 맞서려는 듯이 칼을 빼세요.

자, 그럴듯하게 해야 해요. (큰 소리로) 항복하고
아버지 앞으로 가라! 불을 밝혀라! 어서, 여기다!
(에드가에게) 형님, 도망가세요, 어서!
(큰 소리로) 횃불, 어서 횃불을!
(에드가에게) 잘 가세요. (에드가 퇴장)
내 몸에 난 피를 보면 내가 얼마나 열심히
싸웠는지 믿겠지. (팔에 상처를 낸다)
술 취한 한량들이
장난삼아 이보다 더한 짓을 하는 것도 보았지.
아버지, 아버지! 거기 서라, 거기 서.
아무도 없나?

(글로스터와 횃불을 든 하인들 등장)

글로스터 그래, 에드먼드야, 그놈이 어디 있느냐?

에드먼드 여기 어두운 곳에 있었습니다, 날카로운 칼을
빼어 든 채로 말이죠. 사악한 주문을 웅얼거리며,
달에게 자기편이 되어 달라고 빌고 있었습니다.

글로스터 그런데 지금 그놈
은 어디 있느냐?

에드먼드 보세요, 아버지. 제 팔에서 피가 나고 있어요.

글로스터 에드먼드, 그 놈이
어디 있냐고!

에드먼드 할 수 없게 되자 이쪽으로 도망쳤습니다.

글로스터 (하인들에게)

놈을 뒤쫓아라, 어서. 쫓아가! (하인들 퇴장)

그런데 무엇을 할 수 없었다는 말이냐?

에드먼드 아버지를 죽이라고 저를 설득했습니다만,

형에게 말했습니다. 부모살해의 죄를 범하면

신들이 벼락을 내릴 것이라고요. 부자간의 인연이

얼마나 두텁고 질긴지 이야기했고요. 요컨대,

제가 형의 사악한 의도에 반대하자, 준비해온

칼로 아무런 방비도 안 한 저를 공격해서 제 팔을

찔렀습니다. 하지만 제가 가까스로 정신을 차리고

용감히 맞서 싸우려고 해서인지, 아니면 제가

소리를 지른 탓인지는 모르겠지만,

갑자기 도망쳐버렸습니다.

글로스터 도망치게 내버려두어라.

이 땅에 있는 한 붙잡혀 죽게 될 테니!

내 상전이며 훌륭한 최고의 후원자인 공작께서

오늘 밤 이리 오신다.

공작의 이름을 걸고 공표하겠다, 흉악한 겁쟁이

에드가를 잡아서 사형대에 끌고 오는 자에게는

사례를 하겠다고 말이다.

그 놈을 숨겨주는 자에게는, 죽음만 있을 뿐!

에드먼드 형이 마음을 바꾸도록 설득하려 했지만,
뜻이 너무 확고해서 심한 말로 나무라며
형의 죄를 고발하겠다고 했습니다. 그러자
이렇게 답하더군요, "한 푼도 없는 서자 놈아!
내가 네게 맞서면, 너의 가치와 덕을 믿고 네 말을
들어줄 사람이 있을 것이라고 생각하느냐?
아니지, 네가 내 필체를 증거로 내놓아도,
나는 모른다 할 것이고, 오히려 그것이 다 네가
꾸민 음모라고 돌려 댈 것이야. 내가 죽으면 네가
이득을 볼 것이 분명하니 세상 사람들이 바보가
아니라면 다들 네가 나를 죽이려 한다고
생각할 것이야" 라고요.

글로스터 아, 이 극악무도하고 구제불능인 악당 놈,
자기가 쓴 편지를 모른 척 할 거라고? 이놈은
내 자식이 아니다. (안에서 나팔소리)
들어 봐라! 공작의 트럼펫 소리다. 왜 오시는지
모르겠구나.
모든 항구를 다 봉쇄해서 이놈이 빠져나가지 못하게 하겠다.
공작께서 이 일을 허락하실 것이야.
놈의 초상화를 여러 곳에 보내서 온 왕국

백성들이 모두 이 악당을 알아볼 수 있게 하겠다.
그리고 내 땅에 대해서 말인데,
충실하고 효성스런 아들아, 네가 땅을 물려받을
방법을 찾아보겠다.

(콘월, 리건, 그리고 시종들 등장)

콘월 백작, 어떻게 된 일이오? 방금 전에 도착했는데,
이상한 소식을 들었소.

리건 소문이 사실이라면, 어떤 벌도 충분치 않겠네요.
괜찮으세요, 백작?

글로스터 아, 공작부인, 이 늙은이의 가슴이 무너집니다, 억장이 무너져요.

리건 정말로 내 아버지가 대부가 되어준 그가
백작의 목숨을 노렸나요?
아버지께서 이름 지어 주신 경의 아들 에드가가?

글로스터 아, 부인, 부끄러워서 말씀도 못 드리겠습니다.

리건 그자는 아버지를 모시던 폭도 같은 기사들과
같은 무리가 아닌가요?

글로스터 모르겠습니다만, 너무나도 악하고 흉악한 일입니다.

에드먼드 맞습니다, 부인. 그자들은 한 패거리들입니다.

리건 그렇다면 그자의 성품이 나쁘다 해도
놀라운 일이 아니군요. 늙은 백작의 재산을
탕진하기 위해 그자들이 에드가를 부추겨

아비를 죽이려 한 것이에요.
바로 오늘 저녁에 언니로부터 그들에 대해
연락이 왔어요, 조심하라고요. 그러니 만일
그자들이 우리 집에 머무르러 온다면
난 집에 있지 않겠어요.

콘월 나도 그리 할 것이오, 부인.
에드먼드, 듣자 하니 자네가 아버지께
자식 된 도리를 해왔다고 하던데.

에드먼드 당연히 해야 할 일이었습니다.

글로스터 (콘월에게)
이 애가 에드가의 음모를 알려줬지요.
놈을 붙잡으려다가 보시는 것처럼
이렇게 상처를 입었습니다.

콘월 놈의 뒤를 쫓고 있소?

글로스터 그렇습니다, 공작님.

콘월 그 놈이 잡히면, 다시는 해를 끼치지 못하도록
해야겠소. 내 힘을 이용해서라도
경이 원하는 대로 하시오.
그리고 에드먼드, 자네의 지극한 효심이
지금 이 순간 자네를 적임자로 추천하니,
이제부터 짐을 위해 일하게.

과인에겐 이렇게 믿을 수 있는 성품의 사람이 필요해.
과인이 먼저 자네를 택한 거야.

에드먼드 무슨 일이 있어도 성실하게 모시겠습니다.

글로스터 아들을 대신해서 공작님의 은혜에 감사드립니다.

콘월 경은 우리가 방문한 이유를 모르지요?

리건 그것도 이렇게 갑작스럽게 어두운 밤길을 따라서.
글로스터 경, 경의 조언을 필요로 하는
중요한 일이 생겼어요.
어떤 분쟁에 대해서 아버지와 언니가 편지를 써서
보냈는데, 그 내용으로 보아 내 생각에는
집이 아닌 곳에서 답을 하는 것이
가장 좋을 것 같았어요. 두 사람이 보낸 전령들이
갖고 돌아갈 답신을 기다리고 있어요.
그러니 오랜 친구여, 부담을 갖지 말고,
이 일에 대해 경의 의견을 말해줘요.
한시가 급한 일이에요.

글로스터 알겠습니다, 부인.
두 분 모두 잘 오셨습니다. (나팔소리. 모두 퇴장)

2막 2장

글로스터의 성 앞. 변장한 켄트와 오스왈드, 각각 등장

오스왈드 이봐, 친구, 안녕하신가? 자네 이 댁 하인인가?

켄트 그렇다.

오스왈드 말은 어디에 매어 두지?

켄트 진창에.

오스왈드 그러지 말고, 내게 친절히 말해주게나.

켄트 네게 친절하고 싶지 않다.

오스왈드 그렇다면, 자네도 내 관심 밖이야.

켄트 네놈이 내 손아귀 안에 있다면, 내게 신경을 써야 하겠지.

오스왈드 왜 이런 식으로 대하지? 널 알지도 못하는데.

켄트 이봐, 난 너를 알아.

오스왈드 나에 대해 뭘 안다는 말이냐?

켄트 악당, 불량배, 음식 찌꺼기나 먹는 놈. 천하고 오만하며 천박하고 거지같아서 일 년에 옷 세 벌을 얻어 입고, 연 일백 파운드 수입으로 더러운 면양말을 신는 하인 놈. 겁쟁이에 소송 벌이기나 좋아하는 놈, 후레자식에 거울에 비친 모습이나 살피는 허영덩어리, 비위나 맞추려고 안달하는 사기꾼. 가방 하나 채울 만큼의 소지품 밖에 없는 하인, 기꺼이 뚜쟁이가 되려는 놈, 악당과 거지와 겁쟁이와 포주를 합쳐 놓은 놈이니, 잡종 암캐의 자식이지. 이제껏 네게 붙여준 이름들 중 단 한 글자라도 부인한다면 살려 달라고 울고불고 할 때까지 내가 패 줄 놈이야.

오스왈드 정말 끔찍한 놈이로군. 잘 알지도 못하는 사람에게 이렇게 심한 욕설을 퍼붓다니 말이야!

켄트 나를 모른다고 하는 걸 보니 정말 뻔뻔한 하인 놈이로군! 바로 이틀 전에 왕 앞에서 내가 네 놈의 발을 걸어 넘어뜨리고 패주었는데? 칼을 뽑아라, 이 악당 놈아. 아직 어두운 밤이지만 달빛이 있구나! (칼을 뺀다) 네놈을 달빛에 섞은 다진 고기로 만들어 줄 테다. 이 천박하게 겉멋만 부리는 놈아, 칼을 뽑아라, 어서!

오스왈드 저리 가라, 너와는 볼일이 없다.

켄트 이놈아, 칼을 뽑으라니까! 네놈은 왕을 모함하는 편지를 들고 와서는 아버지에 대한 효심을 버린 허영덩어리 꼭두각시 편이나 들고 있구나. 칼을 빼라. 안 그러면 네놈의 정강이 살을 발라 내버리겠다! 칼을 빼서 덤벼라!

오스왈드 도와주시오! 살인이다! 사람 살려!

켄트 칼을 휘두르라니까, 이 하인 놈아. 똑바로 서서 휘두르라고, 이 겉멋만 든 천한 놈아, 어서!

(오스왈드를 때린다)

오스왈드 도와주세요! 살인이에요, 살인!

(칼을 빼 든 에드먼드와 콘월, 리건, 글로스터, 하인들도 등장)

에드먼드 무슨 일이냐? 떨어져라!

켄트 (에드먼드에게) 애송아, 원한다면 상대해주마.
오너라! 싸우는 법을 알려 줄 테니.
덤비라니까, 젊은 친구!

글로스터 칼을 들고 있다니! 대체 무슨 일이냐?

콘월 살고 싶으면 가만히 있으라. 다시 칼을 휘두르는 자는 죽게 될 것이다. 왜 싸우는가?

리건 언니와 왕이 보낸 전령들이에요.

콘월 (켄트에게) 무엇 때문에 싸웠느냐? 말하라.

오스왈드 숨이 차서 말씀을 못 드리겠습니다, 공작님.

켄트 그렇겠지, 나름 용맹을 떨쳤으니까, 이 겁쟁이야. 너는 사람이 아니야. 재단사가 만든 놈이지.

콘월 이상한 자로군. 재단사가 사람을 만든다고?

켄트 그럼요, 재단사가 만들죠, 나리. 단지 이년만 일 해본 신출내기 석공이나 화가라도 저렇게 못난 놈을 만들 수는 없을 겁니다.

콘월 (오스왈드에게) 어찌해서 싸움이 벌어졌는지 말해라.

오스왈드 공작님, 이 늙은 건달이, 흰 턱수염을 봐서 목숨만은 살려 주려 했는데 —

켄트 이놈의 후레자식, 없어도 그만인 녀석이! 나리, 허락해주신다면 이 천박한 놈을 뭉개서 회반죽으로 만들어 화장실 벽에 발라 놓겠습니다. (오스왈드에게) 벌벌 떨기만 하는 겁쟁이 놈아, 흰 턱수염을 봐서 살려 주었다고?

콘월 조용히 해라, 이놈아. 이 막돼먹은 놈, 예를 갖출 줄 모르느냐?

켄트 알고 있습니다만, 화가 치밀어서.

콘월 무엇 때문에 화가 났느냐?

켄트 정직함이라고는 전혀 모르는 이런 비천한 놈이
칼을 차고 있으니까요. 저렇게 실실 웃는 놈들이
풀 수 없을 만큼 정교하게 매어진
사람들 사이의 소중한 관계를 쥐새끼들처럼
물어뜯어 놓는 자들입니다.
상전들이 감정 조절을 못하게 하니,
불에 기름을 붓고, 냉담함에 눈을 더해
더 차갑게 만듭니다. 주인의 기분에 따라서
"아니요," "맞습니다," 하는 것 밖에는 모르면서
그저 개처럼 따르기만 하지요.
(오스왈드에게) 주인의 비위를 맞추느라

일그러진 네 얼굴에 염병이나 걸려라!
내 말이 바보광대의 말처럼 우스워서 웃고 있냐?
거위 같은 놈아, 내가 세이럼 평원에서
너를 잡았다면, 꽥꽥거리는 네놈을 카멜롯까지
데려 갔을 것이야.[1]

콘월 아니, 이 노인네가 미쳤나?

글로스터 어떻게 해서 다투게 되었는가 말해라.

켄트 저와 저런 나쁜 놈 사이는 최악의 상극입니다.

콘월 왜 저 자를 나쁜 놈이라고 하느냐? 무슨 잘못을 했지?

켄트 얼굴이 마음에 들지 않습니다.

콘월 나나, 백작이나, 내 부인 얼굴도 마음에 안 들 수 있겠지.

켄트 공작님, 저는 솔직한 성격입니다.
평생 살아오면서 지금 이 순간 제 앞에 서 있는
저자의 어깨 위의 저 얼굴보다 더 선한 얼굴들을
보아 왔습니다.

콘월 퉁명스러움으로
칭찬 받아와서 예의 없이 행동하는 척하면서
솔직함의 의미를 왜곡하는 녀석이로군.

---

1) 세이럼은 솔스베리(Salisbury)의 옛 이름이며, 카멜롯은 전설 속 아더 왕의 성으로 알려져 있다. 이 표현의 정확한 의미는 불확실하나, 대강의 의미는 다음과 같다: "네가 내 손아귀에 있다면, 네놈이 필사적으로 도망치게 만들었을 것이다."

아첨하지 못하는 정직하고 솔직한 자이니
진실만을 말할 수밖에 없다고 말이야.
사람들이 그 말을 믿어주면 좋고,
그렇지 않더라도 어쨌든 자기는 솔직하니까.
이런 자들을 알고 있지.
맡은 일을 제대로 해내려고 애쓰는 어설픈 아첨꾼
스무 명 보다도 더한 계략과 더 부패한 목적을
솔직 담백함 속에 감추고 있는 놈들 말이야.

켄트 공작님, 진실로 진심으로 말씀 드리오니,
눈부신 불의 화관처럼 번쩍이는 태양신의 이마에
빛을 발하시는 위대하신 공작님의 용모로부터
윤허를 받아서 —

콘월 이게 무슨 말이냐?

켄트 공작께서 그렇게 비난하신 저의 말투에서 벗어나고자 함입니다. 저는 아첨꾼이 아닙니다. 솔직한 말투로 공작님을 속였던 자가 진짜 사기꾼입니다. 저에게 그런 자가 되라고 하시더라도 그럴 생각이 없습니다.

콘월 (오스왈드에게) 저자에게 무슨 잘못을 했느냐?

오스왈드 전혀 잘못한 것이 없습니다.
최근에 저자의 주인인 왕께서 저를 오해하셔서
저를 때리셨는데, 그 때에 저자가

왕과 한패가 되어서 왕의 기분을 맞추려고
뒤에서 제 발을 걸어 넘어뜨렸죠.
제가 쓰러지자, 저자는 우쭐해져서
저에게 욕을 하고 자신이 영웅이라도 된 것처럼
거친 행동을 해서, 아무런 저항도 하지 않는
사람을 공격한 대가로 왕의 칭찬을 받았습니다.
그때의 끔찍한 짓거리를 다시 해보려고 여기서
칼을 빼어 든 것입니다.

켄트 이런 악당들과 겁쟁이들이 아약스조차도
바보로 만들지요.[2)]

콘월 여봐라, 차꼬를[3)] 가져오너라!

(한두 명의 하인들 퇴장)

이 고집 센 늙은이, 늙은 허풍쟁이 놈,
짐이 버릇을 가르쳐주겠다 —

켄트 나리, 뭐든 배우기엔
제가 너무 늙었습니다. 차꼬를 내오지 마십시오.

---

2) 이런 자들이 트로이 전쟁에서 활약한 그리스 연합군의 아약스 같은 위대한 전사를 속여서 바보로 만들어 버린다는 뜻이다. 여기서 아약스는 곧 콘월을 의미한다. 또한 아약스는 어리석게 행동한 장수로도 잘 알려져 있다. 따라서 이러한 복합적인 모욕에 콘월이 분노하는 것이다.

3) 죄수를 가두어 둘 때 쓰던 형구이며, 두 개의 기다란 나무토막을 맞대어 그 사이에 구멍을 파서 죄인의 두 발목을 넣고 자물쇠를 채우게 되어 있다.

저는 왕을 모시는 자이며 그 분의 명을 받아
나리께 왔습니다. 왕의 전령에게 차꼬를 채우시면
제 주인의 위엄과 명예를 가볍게 여기며
심한 적의를 보이는 짓입니다.

콘월 차꼬를 꺼내 오거라!
내 목숨과 명예를 걸고 말하겠다. 내일 정오까지 이 자에게 차꼬를 채워 놓아라.

리건 정오까지요? 저녁때까지, 밤새도록 채워 두세요.

켄트 부인, 제가 부인 아버지의 개라 하더라도
이렇게 대하시면 안 됩니다.

리건 아버지의 하인이니 이렇게 대하겠다.
(차꼬를 내온다)

콘월 이 자가 처형이 말한 바로 그런 종류의 놈이군.
어서 차꼬를 이쪽으로 가져오너라.

글로스터 공작님, 부디 그러지 마시지요.
저자의 지은 죄가 크니 그의 주인인 왕께서
나무랄 것입니다. 공작께서 의도하신 보기 흉한
형벌은 좀도둑질이나 흔한 죄를 지은 천하고
경멸스런 죄인들을 다스리기 위한 처벌입니다.
저자의 주인인 왕께서 자신이 보낸 전령이 이렇게
홀대를 받고 이런 벌을 받는다는 사실을 알면

이를 불쾌하게 여기실 것입니다.

콘월 내가 책임지겠소.

리건 자기 하인들이 주인의 심부름을 하다가 학대 받고
공격받는 것을 안다면 언니가 훨씬 더
기분 나쁘게 받아들이겠죠. 저자의 다리에
차꼬를 채워라. (켄트를 차꼬에 채운다)

콘월 자, 갑시다, 백작.

(글로스터와 켄트만 남기고 모두 퇴장)

글로스터 이보게, 안타깝군. 세상 사람들이 다 알다시피
공작이 마음먹은 일은 피할 수도 막을 수도
없다네. 자네를 위해 부탁드려보겠네.

켄트 나리, 그러지 마십시오. 오랫동안 잠도 못자며
부지런히 왔습니다. 한동안 눈 좀 붙이고 나서
휘파람이나 불겠습니다.
선한 사람의 운도 때로는 발뒤꿈치처럼
닳기 마련이죠. 좋은 아침을 맞이하시길!

글로스터 이 일은 공작이 너무 심했어. 왕이 언짢아하실 것이야. (퇴장)

켄트 선한 왕이시어, 속담대로 당신께서도
하늘의 은총에서 벗어나 태양 볕 아래로
가시는군요.[4] 태양이여 어서 오시오,

4) 처음보다 더 나쁜 상황에 처하게 된다는 의미이다.

그대의 편안한 빛으로 내가 이 편지를
읽을 수 있도록. 오직 비참한 사람만 기적을
볼 수 있는 법. 이것은 정말 다행히도
내가 변장한 사실을 알고 있는 코딜리어 공주가
보낸 편지로군. (편지를 읽는다)
"이 끔찍한 상황을 벗어나 상실한 것들을 회복할
길을 찾으며 때를 기다리고 있습니다."
잠을 못 자서 너무 지쳤구나. 무거워진 두 눈이여,
이 부끄러운 잠자리는 외면하고 기회를 잡거라.
행운의 여신이여, 안녕히. 다시 한 번 미소 지으며
운명의 수레바퀴를 돌려주시오. (잠든다)

2막 3장

숲 속. 에드가 등장

에드가 내가 범법자로 수배되었구나.
때마침 나무 속 구멍에 숨어서 추격을 피했어.
모든 항구도 막혔고 곳곳마다 나를 잡으려고
혈안인 파수꾼들이 있어. 붙잡히지 않는 한
살 수 있겠지. 가장 천하고 가난한 모습으로
변장을 해야겠구나, 짐승보다도 못하게
보일 정도로 가난한 거지의 모습으로.
얼굴을 더럽게 칠하고, 아랫도리만 가리고,
머리칼은 잔뜩 뒤엉키게 하고, 알몸을 드러낸 채
궂은 날씨를 견디며 지내야겠다.
시골에서 광인 거지들을 본 적이 있지. 소리를

질러 대고, 감각이 없어 아픔도 못 느끼는 맨 팔을
핀과 나무 꼬챙이와 못과 로즈마리 가지들로
찔러 대면서, 이런 끔찍한 모습으로
저지대 농장에서, 가난한 작은 마을에서,
양우리에서, 방앗간에서, 때로는 미친 듯이
욕설을 퍼부어서, 때로는 기도로,
동냥을 받아내지. 불쌍한 털리갓, 불쌍한 톰,
너는 아직 이름이 있구나.
이제 더 이상 에드가는 없다. (퇴장)

2막 4장

글로스터의 성 앞. 켄트가 차꼬에 묶여 있다. 리어, 바보광대, 기사 등장

리어 콘월과 리건이 집을 비우고 내 전령도
돌려보내지 않다니 이상하구나.

기사 제가 알아본 바로는,
지난밤에 두 분이 집을 비울 계획이
없었다고 합니다.

켄트 (잠에서 깨어난다) 안녕하십니까, 주인님.

리어 이런, 이런 치욕을 재미삼아 이러고 있느냐?

켄트 아닙니다.

바보광대 하, 하, 보라고, 이자가 잔인한 양말 띠를 신고 있네. 말은 머리에 줄을 매어 두고, 개와 곰은 목에, 원숭이는 허리에 묶는데 사람은 다리에 묶는구나. 사람이 너무 방탕하면 나무로 된 양말을 신게 되는 법이야.

리어 (켄트에게)
너를 거기 묶어 둘 정도로 네 소임을 몰라 본 자가
누구더냐?

켄트 사실 남자와 여자 둘 다입니다.
바로 폐하의 사위와 따님이지요.

리어 그럴 리가 없다.

켄트 맞습니다.

리어 그럴 리가 없다 했다.

켄트 그렇다고 말씀드렸습니다.

리어 아니야, 아니야, 그럴 사람들이 아니야.

켄트 맞습니다. 그들이 그랬습니다.

리어 주피터 신께 맹세코, 아니야.

켄트 주노 신께 맹세코, 맞습니다.

리어 그들이 감히
그렇게 하지 않았을 것이야. 그렇게 할 수도 없고,
그럴 사람들도 아니라니까. 왕의 전령에게 이렇게
폭력을 가하는 것은 살인보다 더한 짓이야.
과인이 보낸 전령임에도 불구하고 네가
무슨 잘못을 해서 이런 처분을 받았는지
어서 말해보아라.

켄트 폐하, 그들의 집에서
제가 폐하의 편지를 전달하고 있었는데,
예의를 갖춰 꿇고 있던 무릎을 펴기도 전에
급히 오느라 땀에 흠뻑 젖은 전령이 와서는
숨을 헐떡이며 자기 주인인 고너릴의 인사를
전했습니다. 그리고 제 용무가 마무리되기도 전에
고너릴의 편지를 전달했고, 따님과 사위는
즉시 그 편지를 읽었습니다.
내용을 읽자마자 그들은 하인들을 불러서는
곧바로 말을 탔고, 저를 차갑게 바라보면서,
따라와서 답장을 줄 때까지 기다리라고
명했습니다. 그리고 이곳에서 아까 말씀드린
그 전령을 만났는데, 그자에 대한 환대가
저에 대한 냉대로 이어진 것을 알게 되었죠.
그런데 그 자가 바로 얼마 전에 폐하께
매우 무례하게 굴었던 바로 그 놈이었습니다.
이성보다 분노가 앞선 저는 칼을 뽑았죠.
그러자 그 놈은 큰 소리로 겁쟁이처럼
비명을 지르며 온 집안사람들을 깨웠습니다.
폐하의 사위와 따님은 제가 저지른 짓이
이런 치욕을 받을 만 하다고 생각했나봅니다.

바보광대 들기러기가 저쪽으로 날고 있으니, 겨울이 아직 끝난 것은 아니구나.[1]

넝마 입은 아비들에게는
아비의 처지를 모른 척 하는 자식들만 있지만,
돈 가방을 맨 아비들은
친절하게 구는 자식들을 보게 되리.
온전히 창녀인 행운의 여신은
절대로 가난한 이들에게 문 열어주지 않지.

이런 모든 사실에도 불구하고, 아저씨는 일 년 내내 딸들을 위해 셀 수 있을 만큼의 슬픔을 갖게 될 거야.[2]

리어 아, 가슴 속에서 울화가 치밀어 오르는구나!
울화증이여, 내려가라, 솟구치는 슬픔이여,
네가 있을 곳은 아래쪽이다. 리건은 어디 있느냐?

켄트 글로스터 백작과 함께 이곳 성 안에 있습니다.

리어 나를 따르지 말고 여기 있어라. (퇴장)

기사 아까 말한 것 이외에 더 잘못한 것은 없소?

켄트 그렇소. 그런데 어찌 해서 왕이 이렇게 적은 수의 종자만을 데리고 오셨소?

바보광대 그런 질문을 했기 때문에 차꼬에 채워졌다면, 당연히 이런 벌을

---

1) 상황이 좋아지기도 전에 더 악화될 것이라는 의미.
2) 돈을 의미하는 "dollars"와 슬픔을 의미하는 "dolours"를 이용한 바보광대의 말장난이다.

받을 만한 짓을 한 것이야.

켄트 왜 그렇지?

바보광대 자네는 개미들에게 배워야겠어, 겨울철에는 할 일이 없다는 사실을 말이야. 장님이 아니라면 코가 있어도 눈의 안내를 받지. 그런데 스무 명 중에서 단 한 사람도 악취를 풍기는 자의 냄새를 맡지 못하네.[3] 언덕 밑으로 굴러가는 커다란 바퀴 뒤를 따르다 목이 부러지고 싶지 않거든 잡고 있던 손을 놓으라고. 하지만 언덕 위로 올라가는 바퀴라면, 그 바퀴에 매달려 따라가라고. 현명한 사람이 네게 더 나은 충고를 해주면 내 충고는 돌려줘. 바보광대가 한 충고이니 얼간이들이나 따르겠지.

이득을 찾아 섬기는 자는
겉으로만 따르니,
비가 오면 보따리를 싸서
폭풍 속에 너를 남겨두지.
하지만 나는 남으리, 바보광대는 함께 있으리,
똑똑한 사람은 도망가라지.
도망치는 악당이 진짜 바보이지만,
신께 맹세코, 바보광대는 악당이 아니라네.

켄트 바보광대야, 어디서 이 노래를 배웠어?

---

3) 여기서 스무 명은 매우 적은 수의 사람을 의미하며 동시에 줄어든 리어의 종자들 수를 의미한다. 그리고 겨울철과 악취는 리어의 몰락을 뜻한다.

바보광대 차꼬에서 배우지는 않았지, 이 바보야.

(리어와 글로스터 등장)

리어 나와 대화를 않겠다고? 아프고 피곤하다고?
밤새 여행을 해서? 그래, 핑계일 뿐이야.
나를 배반하고 버리려는 암시라고.
더 그럴듯한 대답을 가져오시오.

글로스터 폐하,
공작의 불같은 성격을 아시지 않습니까.
자기가 정한 일은 절대로 바꾸지 않지요.

리어 복수할 테다! 역병에 걸려 다 죽어버려라!
불같은 성격이라고? 그렇다면 글로스터 백작,
내가 직접 콘월 공작과 공작부인에게 말해보겠소.

글로스터 폐하, 소신이 이미 그렇게 알려 드렸습니다.

리어 그들에게 알렸다고? 자네, 내가 하는 말을 알아들은 건가?

글로스터 그렇습니다, 폐하.

리어 국왕이 콘월 공작과, 사랑하는 아비가 딸과
이야기를 하려고, 명령하고 부탁하는 것이오.
이 사실을 알렸단 말이오? 어처구니가 없구나!
불같다고? 그 불같은 성미의 공작에게 전하시오,
리어가 —
아니, 아직 아니야. 어쩌면 공작의 몸이

안 좋을 수도 있어. 몸이 안 좋으면
그렇지 않을 때와는 달리 의무에 소홀해지지.
원래 아프면 몸과 마음이 함께 힘든 법이니까.
내가 참겠다. 아픈 사람을 멀쩡한 사람으로
오해했던 내 성급한 충동을 버려야겠어.

(켄트를 보며)

내 왕권이 다하다니!
어째서 이자가 여기에 이런 모습으로
앉아 있는가? 이걸 보니 공작과 딸이 집을 비우고
이곳으로 온 것이 분명 속임수라는 것을 알겠군.
내 하인을 풀어 주거라. 가서 공작과 부인에게
지금 당장 내가 이야기를 하고 싶다고 전해라.
나와서 내 말을 들으라고 해.
안 그러면 더 이상 잠들 수 없을 때까지 문 앞에서
북을 칠 것이야.

글로스터 서로 간에 일이 원만히 해결되면 좋겠습니다. (퇴장)

리어 아, 내 가슴이여! 끓어오르는 내 가슴이여! 진정하라!

바보광대 가슴에 대고 소리질러봐, 아저씨, 요리하는 아낙네가 뱀장어들을 산채로 반죽에 넣을 때 소리치듯이 말이야. 막대기로 뱀장어들의 머리를 내리치며, '이 말썽꾸러기들아, 내려가, 내려가라고!' 하고 소리 지르지. 그저 좋은 마음으로 말의 건초에 버터를 바

른 것은 바로 그 아낙의 오빠였고 말이야.[4]

(콘월, 리건, 글로스터, 그리고 하인들 등장)

리어 좋은 아침이군, 두 사람 모두에게.

콘월 폐하께 인사 올립니다. (켄트 풀려난다)

리건 폐하를 뵈어서 기쁩니다.

리어 리건아, 그래야겠지. 왜 그렇다고
생각해야만 하는지 이유를 난 알고 있으니까.
네가 기쁘지 않다면, 무덤에 있는 네 어미와
이혼할 것이야, 부정한 여자를 장사지내 준
꼴이니 말이다. (켄트에게) 오, 풀려났느냐?
네 이야기는 나중에 하자. — 사랑하는 리건아,
네 언니는 글렀다. 오, 리건아, 네 언니가
독수리처럼 날카로운 이빨 같은 배은망덕함으로
이곳을 파헤쳤구나.
(자신의 가슴에 손을 얹어 놓는다)
네게 제대로 말도 못하겠어. 믿기지 않을 것이야
얼마나 못되게 굴었는지 — 오, 리건아!

리건 고정하세요, 아버지. 언니가 도리를

---

4) 제때에 뜻대로 뱀장어들의 머리를 내리치지 못하는 부인의 답답한 심정을 리어의 상황에 빗대어 이야기 하는 것이다. 뱀장어를 산채로 반죽에 넣어 파이를 만들려는 시도는 어리석은 행동이다. 마찬가지로 기름진 사료는 먹지 않는 말의 특성을 생각해 볼 때, 오빠의 행동은 좋은 의도라기보다는 오히려 어리석은 행동이다.

다하지 못한 것이 아니라 아버지께서 언니 심정을
제대로 이해하지 못하신 것 같아요.

리어 뭐라고? 무슨 소리냐?

리건 언니가 조금이라도 할 바를 소홀이 했다고는
생각하지 않아요. 혹시라도 언니가
아버지를 따르는 자들의 방종한 행동을
제지했다면, 그건 오히려 바람직한 이유와 목적을
갖고 한 일이니 언니를 비난할 수는 없습니다.

리어 저주 받을 년이야!

리건 아, 아버지께서는 연로하셨어요.
돌아가실 날이 이제 얼마 안 남으셨다고요.
이제 아버지보다 아버지의 처지를 더 잘 아는
분별 있는 사람들의 말을 들으셔야 해요.
그러니 제발 언니에게 돌아가세요.
가셔서 미안하다고 하세요, 아버지.

리어 그것에게 용서를 구하라고?
가족 사이에서 이 일이 얼마나 터무니없는 짓인지
아느냐? (무릎을 꿇는다) 사랑하는 딸아,
그래, 내가 늙었구나. 늙은이는 필요 없겠지만,
이렇게 무릎 꿇고 부탁 한다. 입을 옷과,
잠자리와, 음식만은 챙겨다오.

리건 그만하세요, 아버지. 민망한 장난은
그만하시라고요. 언니에게 돌아가세요.

리어 (일어서면서) 절대로 안 간다.
그년은 내 시종의 수를 반으로 줄였다.
나를 노려보며, 뱀 같은 혀로 바로 이 가슴에
못을 박는 말을 했어.
하늘의 모든 복수가 배은망덕한 그년 머리 위에 쏟아지길!
독기 서린 대기여, 그년의 젊은 뼈를 부수어
절름발이가 되게 해다오!

콘월 그만하세요, 제발!

리어 재빠른 번개여, 너의 불길로
경멸로 가득 찬 고너릴의 눈을 멀게 하라!
뜨거운 태양 볕으로 피어오른 늪지대의 안개여,
그년의 고운 얼굴에 물집이 솟게 하라!

리건 아, 신들이시어!
그러니 제게 화가 나셔도 이렇게 저주를 퍼부으시겠군요.

리어 아니다, 리건아. 너 때문에 화가 나서 저주할 일은
없을게야. 너는 점잖은 성격의 아이이니
그렇게 매정하게 굴지는 않을 것이야.
고너릴의 눈은 사납지만 네 눈은 편안할 뿐,
이글거리지 않아.

너는 나를 불쾌하게 만들고, 내 시종들의 수를
줄이고, 말대꾸하고, 내 씀씀이를 줄이고,
내가 못 들어오도록 문을 잠가버릴 행동을 할
아이가 아니야. 너는 천륜과, 자식 된 도리와,
예의바른 행동과, 고마움을 더 잘 아는 딸이야.
내가 네게 준 이 왕국의 절반을
잊지 않았겠지.

리건 아버지, 요점만 말씀하세요.

(안에서 나팔소리)

리어 누가 내 하인에게 차꼬를 채웠느냐?

(오스왈드 등장)

콘월 이게 무슨 나팔 소리지?

리건 언니의 나팔소리에요. 언니가 곧 이곳으로
오겠다고 한 편지 내용이 맞네요.
(오스왈드에게) 네 마님이 오셨느냐?

리어 이놈은 자기가 따르는 안주인의 변덕스런 총애만
믿고 분수에도 안 맞는 짓을 하는 하인 놈이로군.
내 눈앞에서 사라져라, 이 종놈아!

콘월 폐하, 무슨 말씀이십니까?

(고너릴 등장)

리어 누가 내 하인에게 차꼬를 채웠냐니까? 리건, 너는

모르는 일이길 바란다. 저기 오는 자가 누구냐?
오, 하늘이시여! 진정으로 이 노인네를
사랑하시고, 섬기는 법을 가르치시며,
저처럼 나이가 지긋하시다면,
이 일을 모른 척 하지 마소서. 내려 오셔서
제 편을 들어주소서!
(고너릴에게) 이 아비의 수염을 다시 보는 것이
부끄럽지도 않느냐?
오, 리건아, 저년과 손을 잡을 작정이냐?

고너릴 손을 잡으면 안 되나요? 내가 무슨 잘못을 했죠?
판단력이 부족하고 망령 든 노인네가
지적하는 것이 다 죄가 되지는 않아요.

리어 아, 내 가슴아!
너무나도 단단하구나! 아직도 견디고 있느냐?
왜 내 하인을 차꼬에 채웠느냐?

콘월 제가 그랬습니다, 폐하. 저자의 무례한 행동은
이보다 더한 벌을 받아도 마땅했습니다.

리어 자네가 했다고? 자네가?

리건 아버지, 힘도 없으시니, 그에 맞게 행동하세요.
정해진 달이 끝날 때까지 돌아가서 언니와 지내세요.
시종들도 절반으로 줄이시고,

그 후에 제게 오세요. 저는 지금 집 밖에 있으니
아버지를 환대할 준비를 할 수가 없어요.

리어 저년에게 돌아가라고? 오십 명이나 내보내고서?
싫다! 차라리 늑대와 올빼미와 어울리며
모든 지붕을 버린 채 심한 궁핍에 쪼들리며
궂은 날씨와 맞서 싸우겠다! 저년과 함께 가라고?
차라리 지참금도 없는 막내를 데려간
저 다혈질의 프랑스 왕의 왕좌 앞에 무릎 꿇고
신하처럼 돈을 구걸해서,
구차한 목숨을 연명하겠다. 저년과 함께?
차라리 나보고 이 끔찍하게 싫은 이 하인 놈의
노예가 되어 짐이나 나르라고 해라. (오스왈드를 가리킨다)

고너릴 좋을 대로 하세요.

리어 딸아, 부탁이니, 이 아비가 미치지 않도록 해다오.
얘야, 내 너를 귀찮게 안 할 테니, 잘 있어라.
서로 다시 만날 일도, 볼 일도 없을 것이다.
하지만 여전히 너는 내 살과 피인, 내 딸이다.
아니 그보다는 내 살 속에 있는 질병이니,
내 것이라 인정해야만 하겠지. 썩은 내 핏속에서
너는 종기이고, 고통스런 염증이며, 부풀어 오른 종양이야.
그러나 내 너를 나무라진 않겠다.

때가 되면 네 부끄러움을 알겠지만,
지금 알게 하진 않겠다. 제우스신께
벼락을 내려달라 하지도 않겠고,
최고의 심판관인 그 분께 너의 이야기를
하지도 않겠다. 할 수 있을 때 마음을 고쳐먹고
더 나은 사람이 되어라. 난 참을 수 있다.
리건과 함께 지낼 수 있어. 백 명의 기사들과
함께 말이야.

리건 그렇게 간단한 일이 아니에요, 아버지.
아버지가 오시리라 예상하지도 않았고,
제대로 모실 준비도 안 되어 있어요. 언니의 말을 들으세요.
아버지의 충동적 분노를 이성적으로
판단하는 사람이라면 아버지가 늙었다고
생각할거에요, 게다가 — 아무튼 언니가
잘 알아서 할 거에요.

리어 지금 진심으로 하는 말이냐?

리건 그래요. 아니, 오십 명의 종자들이라고요?
그 정도면 충분하지 않나요? 무엇이 더 필요하죠?
그래요, 아니 그것도 많죠. 그렇게 많은 수의 종자를
거느리려면 비용이나 위험부담도 크지 않겠어요?
어떻게 한 집에서 두 주인의

명령을 받는 많은 사람들이 서로 사이좋게
지낼 수 있겠어요? 힘든 일이에요.
거의 불가능하다고요.

고너릴 왜 동생의 하인이나 제 하인들의 시중은
안 받으려 하세요?

리건 그렇죠. 그자들이 아버지를 소홀히 모시더라도,
저희가 다스릴 수 있잖아요.
이제 보니 위험부담이 있네요.
저희 집에 오시려면, 스물다섯 명만 데려오세요.
그 이상 데리고 오시면 거처도 안주고
아는 체도 않겠어요.

리어 너에게 모든 것을 주었는데 —

리건 제때에 주셨죠.

리어 너를 내 보호자이자 수탁자로 정했어도,
그만한 수의 종자들을 데리고 다닐 권한은
남겨두었다. 아니, 스물다섯 명만 데리고 오라고?
리건, 진심이냐?

리건 다시 한 번 말씀 드리지만, 더 이상은 안돼요.

리어 다른 것들이 더 사악하니, 오히려 사악한 것들이
나아 보이는구나. 최악의 것이 아닌 것만으로도
조금은 칭찬 받을 만 해.

(고너릴에게) 너와 함께 가겠다.
네가 말한 오십 명은 리건의 스물다섯 명보다는
두 배이니, 네 사랑이 리건의 곱절이구나.

고너릴 제 말 좀 들어보세요, 아버지.
스물다섯, 열, 아니 다섯 명의 시종들이
왜 필요하세요? 그보다 두 배나 많은 하인들이
아버지를 모실 집에 사실 텐데요?

리건 한 명이라도 필요한가요?

리어 오, 필요한지 여부에 대해서는 따지지 마라!
가장 비천한 거지조차도 형편없는 것들을
필요 이상으로 갖고 있다.
인간에게 생존에 필요한 것 이외에 아무 것도
갖지 못하게 한다면, 인간의 삶은 동물의 것만큼
값어치가 없어지는 법. 너는 여인이다.
단지 몸을 따듯하게 하는 것이 전부라면,
네가 입고 있는 화려한 옷은 네 몸을
따듯하게 하지 못하니 필요가 없겠지.
그러나 진정한 필요에 대해 말하자면—
하늘이시여, 제게 인내심을 주소서, 인내심이 필요합니다!
신들이시여, 여기 저를 굽어보소서.
비참할 정도로 늙고 근심으로 가득 찬 이 늙은이를.

당신들이 제 딸들의 마음을 움직여
아비의 뜻을 거스르게 하고 있다면,
저 또한 묵묵히 참고 있을 만큼 어리석은 자로
만들지 마소서. 내게 고귀한 분노를
허락해주시고, 여인의 무기인 눈물이
남자의 뺨을 더럽히지 않게 하소서.
아니다. 이 끔찍한 마녀들아, 네년들에게
복수할 것이다. 아직은 잘 모르겠지만,
온 세상 사람들이, 아니 온 세계가 두려워할
그런 복수를 하겠다!
내가 울 것이라 생각하겠지만, 아니다.
난 울지 않을 것이다. (폭풍소리 들린다)
울 이유가 충분하지만, 울기 전에 내 가슴이
수만 갈래로 찢어질 것 같구나.
아, 바보광대야, 미칠 것만 같구나.

(리어, 글로스터, 켄트, 바보광대, 그리고 기사 퇴장)

콘월 들어갑시다. 곧 폭풍이 치겠소.

리건 이 집은 좁아요. 저 노인과 그를 따르는 시종들을
모두 재울 수 없어요.

고너릴 다 자기 탓이야. 스스로 편안함을 버렸으니
어리석음의 쓴맛을 봐야만해.

리건 아버지 혼자라면 기꺼이 받아들이겠지만,
시종들은 단 한명도 안 돼.

고너릴 나도 같은 생각이야.
글로스터 백작은 어디 있죠?

(글로스터 다시 등장)

콘월 노인네를 따라 갔는데 — 돌아왔군.

글로스터 왕께서 매우 화가 나셨습니다.

콘월 어디로 가고 있소?

글로스터 말을 찾으셨는데, 어디로 가시려하는지는 모르겠습니다.

콘월 가고 싶은 대로 가도록 내버려 두는 것이 좋겠군. 다른 사람 말은 안 들을 테니.

고너릴 (글로스터에게) 백작, 아버지께 집에 머무시라고 간청하지 마세요.

글로스터 아, 날은 어두워지고, 바람은 거세지는데,
이 근처 몇 마일 안에는 수풀조차 없습니다.

리건 백작, 고집 센 사람들은
스스로 자초한 어려움을 통해 깨달음을 얻습니다.
문들을 다 잠그세요. 난폭한 자들이
아버지 시중을 들고 있어요. 그자들의 이야기에
현혹되어 어떤 부추김을 받을지 모르니까요.
현명한 자는 위험을 미연에 방지하지요.

콘월 문을 모두 잠그시오, 백작.

광풍이 몰아치는 밤이군. 아내가 옳은 말을 했소.

자, 폭풍을 피해 들어갑시다. (퇴장)

3막 1장

광야. 앞 장면에 이어 계속해서 폭풍. 변장한 켄트와 기사 등장

켄트 이 험한 날씨에 거기 누구냐?

기사 날씨처럼 마음이 심란한 사람이요.

켄트 전에 본 적이 있는 분이군요. 왕께서는 어디 계시오?

기사 거친 비바람과 싸우고 계십니다.
바람이 대지를 바다 속으로 밀어 넣던가,
굽이치는 파도가 땅위로 차올라,
세상을 바꾸거나, 끝내버리라고 외치면서 말이오.
인정사정없는 광풍이 분노하듯 잡아채어 비웃듯 흩날리는
자신의 백발을 쥐어뜯으며
인간의 작은 몸으로 이리저리 몰아치는 비바람과
맞서려고 싸우고 있지요.

젖이 마른 어미 곰조차도 굴에 머물고
사자와 굶주린 늑대도 비를 피하는 이런 밤에,
머리에 아무 것도 쓰지 않은 채 내달리며,
될 대로 되라고 외치고 있어요.

켄트 누가 함께 있습니까?

기사 바보광대만 있을 뿐이지요. 가슴 속에 떠오르는 상처들을
농담으로 달래보려 애쓰면서요.

켄트 전에 본 적이 있는 분이니,
그동안 지켜본 바를 믿고 부탁하겠소.
서로 속고 속이며 아직 드러내진 않았지만,
올버니와 콘월 사이에 갈등이 있습니다.
높은 자리에 오를 운명을 갖고 있는 분들이
다 그렇겠지만, 이 분들도 하인들을 거느리고 있는데,
실제로 하인이 아닌 자들도 있소.
이 자들이 관찰한 우리나라의 정보를
프랑스 왕에게 알리고 있습니다. 두 공작들
사이의 불화와 음모에 대해, 늙은 왕에 대한
이들의 홀대에 대해, 아니면, 더 심각한 일에 대해 말이오.
어쩌면 이 모든 일들이
그저 시작에 불과할 수도 있겠지만 말입니다.
그러니 부탁하겠소.

나를 믿고 서둘러 도버로 가면, 그대에게 사례를 할 누군가를 만나게 될 것이오. 가서 왕이 얼마나 반인륜적이고 사람을 미치게 하는 일을 겪고 계신지 전해주시오. 나도 귀족 가문의 사람입니다. 믿을 만한 정보를 갖고 그대에게 이런 부탁을 하는 것이오.

기사 좀 더 이야기를 나누고 싶습니다.

켄트 아닙니다. 내가 겉으로 보이는 것보다 더 나은 사람이란 것을 확인하려면, 이 지갑을 열어서 그 안에 있는 것을 보관하시오. 분명 그렇게 되겠지만, 코딜리어를 만나면 이 반지를 보여주시오. 그러면 내가 누구인지 알려줄 것이오. 이놈의 지독한 폭풍! 왕을 찾아봐야겠소.

기사 악수나 합시다. 더 하실 말은 없소?

켄트 몇 마디 안 되지만, 훨씬 더 중요한 얘기요. 당신은 저쪽 길로, 나는 이쪽 길로 갑시다. 누구든 왕을 찾은 사람이

다른 사람에게 큰 소리로 알립시다.

(각각 다른 문으로 퇴장)

3막 2장

광야의 다른 곳. 여전히 폭풍이 불고 있다. 리어와 바보 광대 등장

리어 바람아 불어라, 볼이 미어터지도록![1] 미친 듯이
불어라! 하늘의 폭우와 바다 속 분출구야,
뾰족한 지붕 위 풍향계가 잠길 때까지 퍼부어라!
지옥 불같은 번개야, 참나무를 쪼개는
벼락의 전령아, 나의 흰 머리를 그을려 놓아라!
모든 것을 뒤흔드는 천둥아, 둥근 세상을 쳐서
납작하게 만들어, 세상 모든 인간의 모양 틀을
다 부숴버리고, 배은망덕한 놈을 만드는 씨앗들을
한 번에 다 쏟아버려라!

바보광대 아, 아저씨, 마른 집안에서 하는 아첨이 집 밖에서 맞는 이 빗물

1) 예전 지도의 네 귀퉁이에는 바람을 불어대는 얼굴들이 그려져 있었다.

보다 나아요. 아저씨, 들어가요. 가서 딸들에게 용서를 구해요. 이런 밤엔 현명한 사람이나 어리석은 사람이나 다 고생한다니까요.

리어 마음껏 우르릉거려라! 불을 내뿜고, 비를 쏟아내라!
비도, 바람도, 천둥과 번개도 내 딸이 아니니,
무정하다고 너희를 원망하지 않겠다.
너희들에게 왕국을 주지도 않았고, 내 아이들이라
부르지도 않았으니, 내게 충성할 필요도 없겠지.
그러니 마음껏 내리쳐라. 여기 너의 종이 서 있으니.
가난하고, 노쇠하고, 약하고,
무시당하는 이 노인에게 내리쳐라.
하지만 너희를 비굴한 놈들이라 부르겠다.
사악한 두 딸들과 하나 되어, 이렇게 늙은
백발의 머리를 향해 저 높은 곳으로부터
공격을 해오다니. 아, 이건 정말 심하구나.

바보광대 자기 머리를 넣어 둘 집을 갖고 있는 사람은 좋은 머리를 가진 사람이야:

머리 둘 집도 갖기 전에
오입질할 곳부터 찾는 놈은,
이투성이가 되고,
거지가 되어 창녀들과 결혼하지.

가슴보다 발가락을
소중히 여기는 자는
티눈 때문에 아파하고
잠 못 이루지.
예쁜 여자들은 언제나 거울 보며 치장하고 뽐내니까.

(변장한 켄트 등장)

리어 아니야, 나는 인내의 모범이 되어,
아무 말도 하지 않겠어.

켄트 거기 누구냐?

바보광대 맹세하건데, 이곳에 폐하와 바보광대가 — 그러니까, 현명한 사람과 어리석은 사람이 있어요.

켄트 (리어에게)
오, 폐하, 여기 계십니까? 밤을 좋아하는 것들도
이런 밤은 좋아하지 않습니다. 성난 하늘이
어둠 속을 다니는 것들조차 두렵게 하여,
굴 안에서 안 나오게 합니다. 소인이 이제껏
살아오면서 이렇게 무서운 천둥번개와
요란한 비바람 소리를 들어 본 적이 없습니다.
사람이 이런 고통과 두려움을
견딜 수는 없습니다.

리어 우리 머리 위에서

이 끔찍한 소동을 일으키는 위대한 신들이
자신들의 적을 찾아내게 하라. 말 못할 죄를
저지르고도 속에 감춘 채 심판도 받지 않은
악당아, 떨고 있으라. 살인자야, 위증자야,
근친상간의 죄를 짓고도 위선 떠는 자들아,
숨어라. 은밀하게 감추고 속여서 사람의 목숨을
앗아간 악당아, 온몸이 산산조각 나도록 떨어라.
꼭꼭 감춰둔 죄들이 숨겨놓은 곳에서
터져 나올 것이니, 너희들은 무시무시한
소환자들에게 용서를 구하게 되리라.
내가 지은 죄 보다 저들이 내게 지은 죄가
더 많구나.

켄트 이럴 수가, 머리에 아무 것도 없이?
폐하, 가까운 곳에 움막이 있습니다.
그곳에서 폭풍을 피하실 수 있을 겁니다.
그곳에서 쉬고 계십시오. 그동안 저는
저 잔인한 집으로 가겠습니다. 저 집을 세운
재료인 돌보다도 더 단단한 심성의 저들은
폐하를 찾는 저를 들여보내주지 않았었죠.
그런 그들에게 가서 무례를 뉘우치게
만들어놓겠습니다.

리어 머리가 돌기 시작하는구나.
(바보광대에게) 자, 얘야, 괜찮으냐? 추우냐?
나도 춥구나.
(켄트에게) 이보게, 움막은 어디 있나?
우리가 겪는 고난은 묘한 힘이 있어서,
초라한 것도 귀하게 여기도록 해주지.
자, 움막으로 가자.
(바보광대에게) 불쌍한 바보광대야,
내 마음 한편으로 네게 미안한 마음이 드는구나.

바보광대 머리가 부족한 사람은
헤이 호, 비바람 몰아쳐도,
자신의 처지에 만족하며 살아야지,
비록 매일같이 비가 내리지만.

리어 맞는 말이구나. (켄트에게) 어서, 이 움막으로 데려가주게.
(리어와 켄트 퇴장)

바보광대 창녀의 색정도 식혀줄 멋진 밤이군. 가기 전에 예언을 해야겠다.
신부들의 말이 행동보다 앞서고,
양조업자들이 술에 물을 타고,
귀족들이 재단사들을 가르치려 들 때,
이단자들이 아니라 창녀 찾는 자들이
매독으로 얼얼한 고통 받지.

모든 재판 공정할 때,
빚진 종자 없고, 가난한 기사 없지,
비방하는 말 입 안에서 사라질 때,
소매치기들이 사람들 사이로 오지 않으며,
고리대금업자들이 보는 데서 금화 세고,
포주와 창녀가 교회를 세울 때,
그 때에 알비온[2] 왕국은
대혼란에 빠지리.
그 때에 살아 있는 자들은 보게 되리,
두 발로 걷는 모습을.

이것은 말린[3]의 예언이 될 것이니, 내가 그보다 먼저 살고 있기 때문이다. (퇴장)

---

2) 브리튼의 옛 이름

3) 기원후 6세기 아더 왕(King Arthur) 시대의 전설적인 예언가. 리어는 기원전 8세기에 살았던 고대 브리튼의 전설적인 왕이다.

3막 3장

글로스터 성의 방. 글로스터와 에드먼드 횃불 들고 등장

글로스터 이런, 이런, 에드먼드야, 이런 인륜을 벗어난 일들이 정말 싫구나. 내가 왕을 도와줄 수 있게 해달라고 저들에게 부탁했더니 내가 이 집의 주인 행세를 못하게 했어. 게다가 죽고 싶지 않거든 왕에 대해 말로 꺼내지 말고, 간청도 하지 말고, 어떤 식으로든 도울 생각도 하지 말라는 구나.

에드먼드 정말 잔인하고 비인간적이군요.

글로스터 아니다, 너는 아무 말도 하지 말거라. 두 공작들 사이에 다툼이 있으니 더 나쁜 일도 생길 것이야. 지난밤에 편지를 받았는데, 그 내용을 입에 담기조차 위험해서 내 방에 두고 문을 잠가두었다. 왕께서 겪고 계신 모든 일들에 대해 철저한 복수를 할 것이야. 이미 이 땅에 발을 들여놓은 일부 병력이 있다. 그러니 우리는 왕의 편에 서야만 해. 내가 왕을 찾아서 몰래 보살펴 드릴 것이다. 너는 가서 공작과 이야기를 나누면서, 내가 하는 선한 일을 그가 알아채지 못하게 해라. 공작이 나를 찾으면 아파서 침실로 갔다고 해라. 위협을 받기는 했지만, 혹시 이 일로 내가 죽더라도 내 옛 주인인 왕만은 반드시 구해드려야겠다. 에드먼드야, 이상한 일들이 닥쳐오고 있구나. 그러니 부디 조심해라. (퇴장)

에드먼드 이 금지된 호의와 편지에 대해
지금 바로 공작에게 알려야겠다.
대가가 확실하겠군. 게다가 아버지가 잃는 것이
내 것이 될 수밖에 없으니, 그 정도면 괜찮아.
노인이 망할 때 젊은이가 출세하는 거야. (퇴장)

3막 4장

광야. 움막 앞. 리어, 켄트, 바보광대 등장

켄트 이곳입니다, 폐하. 들어가시지요.
사람이 밖에서 참아내기에는
너무 힘든 밤입니다. (여전히 폭풍이 친다)

리어 날 내버려 둬라.

켄트 폐하, 안으로 들어가소서.

리어 그러면 가슴이 터질까?

켄트 차라리 제 가슴이 터졌으면 좋겠습니다. 폐하, 어서 안으로 드시지요.

리어 너는 이렇게 몰아치는 폭풍이
뼈 속까지 들이치면 큰일이라고 생각하는구나.
네게는 그렇겠지만, 더 큰 병이 뿌리내린 곳에서

작은 병은 거의 느껴지지 않아. 곰을 피하다가
거세게 파도치는 바다와 마주치면, 차라리 곰과
맞서고 싶어지지. 마음이 편안할 때
몸이 예민해져. 내 마음 속 폭풍은 내게서
다른 모든 감각을 앗아가 버렸어.
가슴을 미어지게 하는 자식들의 배은망덕만
남겨놓고 말이야.
음식을 먹이려고 들어 올린 손을
물어뜯는 입과 같지 않나? 철저히 복수하겠다.
그래, 더 이상 울지 않겠어. 이런 밤에
나를 내쫓아? 퍼부어라, 나는 이겨낼 것이다.
이렇게 험한 밤에 이런 짓을? 오, 리건, 고너릴,
너희에게 모든 것을 준 이 늙고 자상한 아비는 —
아, 이런 생각만으로도 미칠 것만 같구나.
그만하자. 그만 생각하자.

켄트 폐하, 이곳으로 드십시오.

리어 자네나 들어가서 편히 쉬게나.
이 폭풍은 내가 더 깊은 상처를 받을 일에 대해
생각할 여유조차 주지 않겠지. 하지만 들어가지.
(바보광대에게) 먼저 들어가거라. 집도 없고
가난한 너부터 — 아니다, 들어가거라.

난 기도하고 나서 자야겠다. (바보광대 퇴장)
(무릎을 꿇는다) 여기저기에서 인정사정없이
몰아치는 폭풍을 견디는 불쌍하고 헐벗은 자들아,
머리 둘 곳도 없이 굶주린 채,
구멍투성이의 넝마를 걸치고 이런 시간들을
어떻게 견디느냐? 아, 그동안 이런 일에
너무나도 무심했구나. 화려한 옷을 걸친 자여,
치료를 받으라, 비참한 자들의 느낌을 알도록.
불필요한 옷들을 그들에게서 털어내어
하늘이 더 공정함을 보여 주어라.

(바보광대가 움막에서 뛰어나온다.)

에드가 (움막 안에서) 한 자 반, 한 자 반의 수심. 거지 톰!

바보광대 아저씨, 여기 들어오지 마요. 귀신이 있어. 사람 살려! 사람 살려!

켄트 내 손을 잡아라. 거기 누구냐?

바보광대 귀신이래, 귀신. 자기 이름이 거지 톰이래.

켄트 밀짚 속에서 웅얼거리는 너는 누구냐?
이리 나오너라.

(거지 톰으로 분장한 에드가 등장)

에드가 저리가, 사악한 악마가 나를 쫓아오고 있어. 날카로운 산사나무 사이로 찬바람이 불고 있어. 음, 차가운 잠자리로 가 몸을 녹이시오.

리어 너도 두 딸들에게 모든 것을 줘버렸느냐? 그래서 이런 꼴이 된 거야?

에드가 누가 거지 톰에게 뭐라도 줄까? 사악한 악마가 불과 연기 사이로 끌고 다니고, 소택과 늪지와 개펄과 진창으로 끌고 다녔지. 베게 아래 칼을, 교회 의자 아래엔 목을 맬 줄을 두었고. 죽 옆에 쥐약을 두고, 우쭐하게 만들어 발 빠른 암갈색 말을 타고 비좁은 다리 위를 달리며 자기 그림자를 반란자로 여겨 쫓게 했지. 그대의 오감에 축복이 있기를! 톰은 춥구나. 아, 덜 덜 덜 덜 덜. 그대는 회오리바람과 나쁜 별자리의 영향과 질병으로부터 벗어나길. 사악한 악마가 괴롭히는 불쌍한 톰에게 적선을 베푸세요. 이 놈의 악마를 이제 잡았다. 여기 있구나. 여기에도 있고, 저기에도 있어.

(여전히 폭풍우 친다)

리어 이자의 딸들이 이자를 이 지경으로 몰아갔나?
아무것도 남겨두지 못했어? 딸들에게 다 주었다고?

바보광대 아니, 담요 하나는 남겨뒀네. 안 그랬다면 우리 모두 이자를 보기가 민망했을 거야.

리어 (에드가에게)
죄지은 인간이 걸릴 모든 질병이
모두 네 딸들에게 옮기길!

켄트 폐하, 저 자에게는 딸이 없습니다.

리어 닥쳐라, 이 배신자! 저자의 못된 딸들 말고는
저렇게 인간의 본성을 망가뜨릴 수 있는 자가 없어.
버려진 아비들이 이렇게 자기 몸을
학대하는 것이 유행이란 말이냐?
적절한 처벌이야. 저 펠리컨[1] 같은 딸들을
낳은 것이 바로 이 몸이니까.

에드가 필리콕은 필리콕 언덕에 앉았지,[2]
쫓아가, 어서, 훠이, 훠이.

바보광대 이렇게 추운 밤이 우리 모두를 바보들이나 미친 사람들로 만들 거야.

에드가 못된 악마를 조심하세요. 부모님께 순종하고, 약속을 지키고, 욕하지 말고, 다른 남자 부인과 간음하지 말고, 그대의 다정한 마음이 화려한 옷을 탐내지 않게 하세요. 톰은 추워요.

리어 무얼 하던 사람이었느냐?

에드가 머리를 말아 올렸던 교만했던 하인이어서, 사랑의 정표로 모자에 안주인의 장갑을 끼우고는, 안주인의 색욕을 채워주고자 그녀와 은밀할 짓을 했습니다. 말을 할 때마다 맹세했지만 뻔뻔하게 그 맹세들을 어겼습니다. 색욕을 채울 궁리를 하며 잠들었다

---

1) 펠리컨이 자기 피로 새끼들을 먹여 키운다는 전설이 있다.

2) 필리콕(Phillicok)은 남자의 성기를 지칭하며, 필리콕 언덕은 여자의 성기를 뜻한다. 또한 필리콕은 펠리컨(pelican)을 연상시키는 발음이기도 하다.

가 깨어나서는 이를 실행에 옮겼던 사람입니다. 술과 도박을 정말로 좋아했습니다. 터키 술탄의 하렘보다 더 많은 여자를 거느렸습니다. 사악한 마음에, 얇은 귀, 피 묻은 손을 지녔죠. 돼지처럼 게으르고, 여우처럼 교활하며, 늑대처럼 탐욕스럽고, 개처럼 미쳤고, 사자처럼 남을 희생시켰죠. 신발 끄는 소리나 비단옷의 바스락거리는 소리에 홀려 여자에게 마음을 빼앗기지 마세요. 사창가엔 발길을 끊고, 여인의 속옷엔 손길을 두지 말며, 돈은 빌리지도 말고, 사악한 악마를 물리치세요. 아직도 산사나무 사이로 찬바람이 불어요. 쌩, 쌩, 헤이, 그래, 나의 애마 돌핀아, 멈춰라! 그가 지나가게 해. (여전히 폭풍이 치고 있다)

리어 이런, 맨몸으로 이렇게 심한 비바람을 맞는 것 보다 무덤에 있는 편이 네겐 더 나았겠구나. 인간이 이것밖에 안 된단 말이냐? 이 자를 잘 보자. 너는 누에고치에게서 비단을, 소에게서 가죽을, 양에게서 털을, 사향고양이에게서 향수를 빚지고 있지 않구나. 하! 우리 셋은 자연 그대로가 아니지만, 너는 그렇구나. 아무것도 걸치지 않은 인간은 너처럼 불쌍하고, 발가벗은, 두 발 달린 짐승과 다름이 없지. 사라져라, 사라져, 짐승들에게서 빌려온 것들아. 자, 이곳의 단추를 풀어라.

(옷을 찢지만, 켄트와 바보광대가 말린다)

(글로스터가 횃불을 들고 등장)

바보광대 아저씨, 제발 진정해요. 수영하기에는 고약한 밤이라고요. 지금

이 거친 들판에 조그만 불을 피워도 늙은 색마의 심장 같겠어. 조그만 불덩이만 빼고 온 몸이 다 차가울 뿐이니까. 저기 좀 봐, 횃불이 이리로 걸어오고 있어.

에드가 이건 사악한 플리버티지벳[3]입니다. 해질녘에 나와 첫닭이 우는 새벽까지 쏘다니지요. 저자가 백내장을 옮기고, 사팔뜨기를 만들고, 언청이를 만듭니다. 다 익은 밀에 곰팡이를 피워서 이 땅의 불쌍한 사람들과 동물들을 해치고요.

성자 위솔드는 벌판을 세 번이나 돌았는데,
몽마와 그 아홉 자식을 만났지.
몽마에게 말에서 내리라 명하고,
악한 짓을 못하도록 맹세하게 했네.
물러가라, 마녀야, 물러가라!

켄트 괜찮으십니까, 폐하?

리어 그가 누구냐?

켄트 (글로스터에게) 거기 누구냐? 무엇을 찾고 있느냐?

글로스터 거기 누구요? 이름은?

에드가 거지 톰입니다. 헤엄치는 개구리와 두꺼비, 올챙이와 도마뱀과 도롱뇽을 먹고 살아요 — 사악한 악마가 욕을 하면, 화가 나서 샐러드 대신 소똥을 먹어요. 늙은 쥐와 시궁창에 버려진 개를 삼

3) 여러 악마들 중 하나의 이름이다. 이후 거지 톰은 여러 악마들의 이름을 말한다.

키고, 고인 물웅덩이에 끼어 있는 녹조를 마시죠. 이 동네 저 동네 다니면서 맞고 차꼬에 채워지고 감옥에 간히기도 해요. 전에는 등에 세 겹의 옷을 걸치고 몸통에는 여섯 벌의 셔츠를 둘렀던 하인이어서,

말을 달리고 무기를 가졌지만,
들쥐나 집쥐와 작은 사슴만이
지난 칠년 동안 톰이 먹은 음식이라네.

나를 쫓아오는 놈을 조심하세요. 가만히 있어라, 스멀킨, 이 악마야.

글로스터 아니, 폐하, 이런 자들과 함께 계셨습니까?

에드가 악마는 지체 높은 양반이죠. 모도라는 이름, 마후라고도 불리죠.

글로스터 폐하, 우리 자식들이 너무나도 악해져서
자신들의 부모를 증오할 지경입니다.

에드가 거지 톰은 추워요.

글로스터 (리어에게)
저와 함께 들어가시지요. 저의 신하된 도리로는
폐하의 딸들의 가혹한 명을 따를 수 없습니다.
저들이 우리 집 문을 잠그고
폐하께서 이 끔찍한 밤을 밖에서 지내도록
명령을 내렸지만, 그 명을 어기고 저는

폐하를 찾아 나섰습니다,
불과 음식이 마련된 곳으로 모시려고요.

리어 먼저 이 현자와 이야기를 나눠야겠소.
(에드가에게) 천둥이 치는 이유는 무엇인가?

켄트 폐하,
백작이 제안한대로 집으로 들어가시지요.

리어 나는 이 똑똑한 테베 사람과 이야기를 해야겠다.
무얼 연구하시오?

에드가 악마를 피하는 법과 해충을 죽이는 법이요.

리어 개인적으로 물어 볼 말이 있는데.

켄트 (글로스터에게)
백작님, 폐하께 가시자고 한 번 더 말씀드리세요.
폐하의 정신이 흐려지고 있습니다.

글로스터 그게 폐하 잘못인가?
(여전히 폭풍이 치고 있다)
딸들이 폐하를 죽이려 하고 있잖아.
아, 선한 켄트, 불쌍하게 추방된 그 사람이
이렇게 되리라 말했었지. 자네는 폐하께서
미쳐 간다고 했지만, 사실 나도 거의
그럴 지경이라네. 내게는 아들이 하나 있었는데,
이제는 인연을 끊었다네. 그 놈이 최근에,

바로 얼마 전에 내 목숨을 노렸거든.
그 어떤 아비 못지않게 그 놈을 사랑했다네.
솔직히 말하자면, 그 슬픔 때문에 미칠 지경이야.
참 기막힌 밤이로군.
(리어에게) 폐하, 이렇게 부탁드리옵니다.

리어 아, 경에겐 미안하지만,
(에드가에게) 고귀한 현자여, 나와 함께 하시게.

에드가 톰은 추워요.

글로스터 저기 저 움막 안으로 들어가 몸을 녹여라.

리어 자, 우리 모두 들어가세.

켄트 이쪽입니다, 폐하.

리어 이자와 함께 가겠소.
이 현자와 항상 함께 있을 것이오.

켄트 백작님, 폐하를 달래시지요. 저 자를 데려가게 하십시다.

글로스터 저자를 데리고 가시지요.

켄트 이봐, 이리 와, 우리와 함께 가자.

리어 어서 오시게, 선한 아테네 사람.

글로스터 아무 말 말고, 조용, 조용히.

에드가 기사 후보 롤랑이 어두운 탑에 왔는데,
항상 이렇게 말했지, '피, 포, 펌,
영국인의 피 냄새가 나네.' (모두 퇴장)

3막 5장

글로스터 성의 방 안. 콘월과 에드먼드 등장

콘월 이 집을 떠나기 전에 복수를 할 것이다.

에드먼드 공작님, 부모 자식 간의 천륜을 버리고 충성을 택했다는 이유로 저는 비난을 받겠지요. 그 점이 마음에 걸립니다.

콘월 이제야 자네 형이 아비의 목숨을 노린 이유가 전적으로 그의 악한 성품 때문만은 아니라는 것을 알겠군. 자네 아비의 비난받을 만한 사악함이 자초한 일이었어.

에드먼드 올바른 일을 하고도 후회해야만 하다니, 제 운명은 왜 이리도 불행한가요? 이것이 제 아버지가 말했던 편지입니다. 아버지가 프랑스 편에 선 첩자라는 사실을 확인시켜주는 편지이지요. 아, 하늘이시여! 이 음모가 없었거나, 내가 이 음모를 발견하지 않았더라면 좋았을 것을.

콘월 함께 내 아내를 보러 가세.

에드먼드 이 편지의 내용이 확실하다면, 공작님께서는 힘든 일을 감당하셔야 하겠군요.

콘월 편지 내용이 사실이든 아니든, 이번 일로 자네는 글로스터 백작이 되었네. 자네 아비가 어디 있는지 찾아보게나. 그 자를 체포할 수 있도록 말이야.

에드먼드 (방백) 아버지가 왕을 돕는 모습을 찾아내면 공작의 의심이 한층 커지겠지. (콘월에게) 충성심과 자식 된 도리 사이에서 힘든 갈등을 겪겠지만 충성을 다 하겠습니다.

콘월 자네를 믿을 것이고 내가 사랑하는 자식처럼 대하겠네.

(모두 퇴장)

3막 6장

성과 인접한 농가의 방. 켄트와 글로스터 등장

글로스터 이곳이 벌판에 있는 것보다는 낫군. 이것도 고맙게 생각해야해. 가져올만한 것들을 가져다가 좀 더 편히 지내게 해주지. 곧 돌아오겠네.

켄트 분노를 참지 못한 폐하께서는 이제 정신도 잃으셨습니다. 신들이 백작님의 친절에 보답을 해주실 것입니다. (글로스터 퇴장)

(리어, 에드가, 바보 광대 등장)

에드가 프라테레토가 나를 불러 말하네, 네로가 지옥의 호수에서 낚시질 하고 있다고. 순진한 양반아, 부디 조심하시길.

바보광대 아저씨, 말 해봐요, 미친 사람은 양반일까 평민일까?

리어 왕이지, 왕이야.

바보광대 아니야. 양반 아들을 둔 평민이지. 자기보다 아들을 먼저 양반으로 만드는 자는 정신 나간 평민이기 때문이야.

리어 붉게 달궈진 쇠꼬챙이를 든 천명의 악마들로 하여금 쉿 소리를 내며 그년들을 공격하게 하라!

에드가 못된 악마가 내 등을 물고 있어.

바보광대 늑대가 온순하리라 믿고, 말이 건강하리라 믿고, 아이의 사랑과 창녀의 맹세를 믿는 자는 제정신이 아니지.

리어 그렇게 될 거야. 내가 이것들을 당장 기소하겠다.
(에드가에게) 자, 이리로 오시오, 그대 가장 현명한 재판관.
(바보광대에게) 그대 현명한 자는 여기 앉고.
아니야, 너희 암여우들은 —

에드가 저 여자가 서서 노려보는 곳을 보세요! 마님, 구경꾼들이 필요하세요?
개울물을 건너 내게로 와, 베시.

바보광대 그녀의 배에 구멍이 났으니,
감히 그대에게 건너올 수 없는
이유를 말할 수가 없지.

에드가 사악한 악마가 나이팅게일의 목소리를 하고 거지 톰을 따라다니고 있어요. 악마 호프댄스가 톰의 배 속에서 소금에 절인 청어 리 두 마리를 달라고 아우성치고 있어요. 검은 천사야, 가만히 있어라, 네게 줄 음식은 없어.

켄트 괜찮으십니까, 폐하? 그렇게 서 계시지 말고,

누워서 방석에 기대고 쉬시겠습니까?

리어 먼저 저들의 재판을 보겠다. 증인들을 데려오라.
(에드가에게) 법복 입은 판사, 자리에 앉으시오.
(바보광대에게) 그리고 동료 판사도
그 옆에 앉으시오. (켄트에게) 그대도
판사의 위임을 받았으니 함께 앉으시오.

에드가 공정하게 처리합시다.
그대 유쾌한 목동이여, 자는가 깨어 있는가?
그대의 양이 옥수수 밭에 있는데.
그대 작은 피리를 한 번만 불어주면,
그대의 양은 해를 입지 않을 텐데.
그르렁, 저 살찐 악마 고양이는 회색이군.

리어 먼저 고너릴을 소환하라. 여기 있는 존경하는 재판관들 앞에서 맹세하는데, 불쌍한 왕인 제 아비를 내쳐버린 년이 바로 고너릴이요.

바보광대 이리 오시오, 부인. 그대의 이름이 고너릴이오?

리어 아니라고는 못할 것이다.

바보광대 미안하오. 그대를 잘 만든 튼튼한 의자로 잘못 보았소이다.

리어 여기 찡그린 얼굴로 속마음을 드러내는
또 다른 년이 있소. 거기, 그년을 잡으시오!
무기를 가져오시오, 칼과 불을, 법정이 썩었소!

부정한 판사여, 왜 그녀를 놓아주는 것이오?

에드가 그대 오감이 멀쩡하길!

켄트 가슴이 미어지는구나! 폐하께서 그토록
자랑하시던 인내심은 어디로 갔습니까?

에드가 (방백)
눈물을 감출 수가 없어서
변장한 모습조차 들켜버리겠구나.

리어 저 작은 개들,
트레이, 블랜취, 스윗하트,[1] 봐봐, 재네들이
나를 보고 짖고 있어.

에드가 톰이 고개 숙여 노려보며 저것들을 쫓아내겠어요. 저리가, 이 똥개들아!
너희 입이 검든 희든,
사람 물어 광견병에 걸리게 하든 상관없어.
마스티프, 그레이하운드, 못생긴 잡종이든,
사냥개든 스패니얼이든, 암캐든 수캐든,
꼬리가 짧든 말려있든 상관없이,
톰이 네놈을 낑낑대며 울게 만들겠어.

---

1) 리어가 무의식 속에서 자신의 세 딸 고너릴과 리건 코딜리어를 가리키고 있다. 트레이(Trey)는 '고통' 혹은 '배신'을, 블랜취(Blanch)는 '두려움으로 창백해진 모습'을 의미한다. 따라서 스윗하트(Sweetheart)는 리어가 가장 사랑하는 코딜리어에게 적합한 이름이다.

이렇게 고개 내밀어 소리 지르면
개들은 문지방을 뛰어넘어 꽁무니를 빼니까.

덜덜덜. 그만! 어서 와요, 밤샘축제와 잔칫집과 장터로 가요. 거지 톰, 너의 뿔잔이 비었구나.

리어 그렇다면 저자들이 리건을 해부하게 하라. 그년 가슴에 뭐가 들어있는지 보자. 대체 무엇이 그렇게 독한 심장을 만들어냈을까? (에드가에게) 이봐, 자네를 내가 거느린 백 명의 기사들 중 한명으로 삼겠네. 자네 옷차림이 마음에 안 드는군. 그 옷차림이 페르시아식이라고 하겠지만, 다른 옷으로 바꿔 입게나.

켄트 폐하, 이제 여기 누워 잠시 쉬십시오.

리어 조용히, 조용히 해라. 저 커튼들을 치고.
그래, 그래, 그렇게. 아침에 저녁 식사를 하러 갈 테니까, 그렇지, 그렇게. (잠든다)

바보광대 그러면 나는 한낮에 자러 가야겠다.

(글로스터 다시 등장)

글로스터 이보게, 이리로 오게. 왕은 어디 계신가?

켄트 여기 계십니다만, 그냥 두십시오. 제정신이 아니십니다.

글로스터 이보게, 부탁이니 폐하를 자네 팔로 안아드리게.
폐하를 죽이려는 음모를 엿들었어.
들것이 준비되어 있네. 폐하를 거기에 눕혀서
도버로 가게나. 거기에 가면 환대를 받고

보호도 받을 것이야. 자네 주인을 모시게.
반시간이라도 지체하면 폐하뿐만 아니라
폐하를 지켜드리는 자네와 모든 자들의 목숨마저
위험해져. 어서 폐하를 모시게, 어서.
필요한 것들을 챙겨 줄 테니 나를 따라오게.

켄트 마음이 짓눌려 주무시는구나.
휴식 후엔 무너진 기력도 회복되겠지
편히 쉬지 못하시면 회복도 힘들겠지만.
(바보광대에게) 자, 이리 와서 너의 주인을
안도록 도와라, 뒤에 서 있지만 말고.

글로스터 어서, 서둘러!

(켄트와 바보광대 리어를 안고 퇴장)

에드가 높은 분들이 우리와 같은 고통을 겪는 것을 보면
우리의 비참함은 대수롭지 않게 보이지.
근심걱정 없는 행동과 행복한 모습을 뒤로한 채
혼자 고통 받는 사람이 가장 가슴 아픈 법이야.
하지만 고통을 함께 견딜 사람이 있다면,
마음만이라도 가벼워질 수 있지.
나보다 더한 고통을 겪는 왕을 보니,
내 고통은 정말로 견딜만해 보이는구나.
아버지가 나를 내쳤듯, 딸들이 왕을 내쳤구나.

톰, 가자! 궁정의 소식에 귀 기울이면서,
너에 대한 오명이 벗겨져서
아버지와 화해할 그 때에, 너 자신을 드러내자.
오늘 밤 무슨 일이 생기더라도 왕께서 무사히 빠져나가시길.
숨자, 숨어! (퇴장)

3막 7장

글로스터 성의 방. 콘월, 리건, 고너릴, 에드먼드, 하인들 등장

콘월 (고너릴에게) 남편 되시는 올버니 공작께 서둘러 사람을 보내어 이 편지를 보여주시오. 프랑스 군대가 이 땅에 들어왔소. (하인들에게) 배신자 글로스터를 찾아라.

리건 그자를 곧장 교수형에 처하세요!

(몇몇 하인들 서둘러 퇴장)

고너릴 그자의 눈을 뽑아버려요!

콘월 그 자는 내게 맡기시오. 에드먼드 경, 그대가 처형을 모셔다드리게. 우리를 배반한 그대의 아버지에게 가할 복수를 경이 보는 것이 적절하지 않으니까. 지금 당장 어디에서 전쟁 준비를 해야 할지를 공작께 알려드리게. 짐도 곧 뒤따르겠네. 짐의 전령들이 양쪽에서 신속하게 정보를 전달할 것이야. 잘 가시오, 처형. 글로스터 백작도 잘 가시게.

(오스왈드 등장)

어떻게 되었느냐? 왕은 어디 있지?

오스왈드 글로스터 백작이 왕을 데리고 이곳에서 빠져나갔습니다. 왕을 찾아다니던 서른 대여섯 명의 기사들이 대문에서 그를 만나 백작의 하인 몇 명과 함께 도버로 갔습니다. 도버에서 중무장한 친구들과 만날 것이라고 떠들면서 말입니다.

콘월 네 마님이 탈 말을 준비해라. (오스왈드 퇴장)

고너릴 안녕히 계세요, 공작님. 리건아, 너도.

콘월 에드먼드 경, 잘 가시오. (고너릴, 에드먼드 퇴장) (하인들에게) 가서 배신자 글로스터를 찾아라. 도둑놈을 잡듯이 놈을 묶어서 과인 앞으로 데려와라. (몇몇 하인들 퇴장) 재판 절차 없이 글로스터를 사형시키는 것이 바람직하진 않지만, 짐의 직권으로 화를 풀어야겠소. 사람들이 비난하겠지만, 별 수 없겠지. 거기 누구냐? 배반자를 잡아 왔느냐?

(두세 명의 하인들이 글로스터를 잡고 등장)

리건 배은망덕한 여우같은 놈, 그자가 맞아요.

콘월 비쩍 마른 그놈의 팔을 단단히 묶어라.

글로스터 왜들 이러십니까?
두 분께서는 제 집을 찾아온 손님들이십니다.
저를 이렇게 험하게 대하시지 마십시오.

콘월 이 자를 묶으라고 했다.

(하인들 글로스터를 묶는다)

리건 단단히, 세게 묶어라. 이 더러운 배신자!

글로스터 그대야 무자비한 부인이지만, 난 배신자가 아닙니다.

콘월 이 의자에 그자를 묶어라.
(글로스터에게) 악당아, 알게 될 것이다 —
(리건이 글로스터의 수염을 뽑는다.)

글로스터 신들께 맹세코, 내 수염을 뽑는 행위는
나를 가장 치욕스럽게 만드는 짓이오.

리건 이렇게 흰 수염이 날 정도로 늙은 주제에 배신을?

글로스터 사악한 여인이여,
내 턱에서 뽑고 있는 이 수염들이 살아 움직여
그대를 비난할 것이오. 그대는 나의 손님이요.
강도의 손으로 내 친절한 호의에 대해 이렇게
함부로 대해서는 안 되오. 어찌 할 작정이오?

콘월 그래, 최근에 프랑스 왕으로부터 무슨 편지들을 받았느냐?

리건 바른대로 말해라, 이미 다 알고 있으니까.

콘월 최근에 우리 왕국에 들어온 반란자들과
무슨 공모를 했느냐?

리건 정신 나간 왕을
누구에게 보냈느냐. 말해라.

글로스터 추측이 담긴 편지를 받았지만,
중립적인 사람에게서 온 것이지
적에게서 온 편지가 아닙니다.

콘월 교활한 놈이군.

리건 교묘한 거짓말.

콘월 왕을 어디로 보냈느냐?

글로스터 도버로 보냈소.

리건 왜 도버로 보냈지? 목숨을 잃을 처벌을 감수하면서까지 —

콘월 왜 도버냐? 저자가 먼저 대답하게 하시오.

글로스터 말뚝에 묶여 있으니 개떼의 공격을 견뎌야만하겠지.[1]

리건 왜 도버냐?

글로스터 그대의 잔인한 손톱이 불쌍한 노인의 눈을
뽑는 모습도, 그대의 사나운 언니가

---

1) 16-17세기 영국의 대중 놀이 중 하나인 '곰 골리기'(bearbaiting)를 의미한다. 곰을 말뚝에 묶어 놓고 개들로 하여금 공격하게 하며 이를 구경하는 놀이이며, 지금 글로스터는 자신의 처지를 곰에 비유하고 있다.

멧돼지 같은 이빨로 왕의 성스러운 옥체를
헤집는 모습도 보고 싶지 않았기 때문이오.
지옥같이 어두웠던 밤에 왕께서 맨머리로 견뎠던
폭풍은 바다를 솟구치게 해서
별빛을 꺼지게 할 정도였소.
하지만, 불쌍한 그 노인은 폭우에 눈물을 더했소.
그렇게 지독한 때에 늑대들이 문가에서 운다 해도
'선한 문지기야, 문을 열어주어라,
어떤 잔인한 동물이 따라 들어와도' 라고
말했을 것이오. 하지만 복수의 여신들이
당신 같은 자식들에게 복수하는 날을
내가 볼 것이오.

콘월 그런 날을 못 보게 될 것이다. 여봐라,
의자를 잡아라. 네 두 눈을 밟아버리겠다.

글로스터 늙어서까지 살 것이라 생각하는 사람은
나를 도와주시오! — 오, 잔인하다! 신들이시여!

리건 한쪽 눈만 있으면 꼴사나우니 — 다른 한쪽도.

콘월 네 놈이 하늘의 복수를 보겠다면 —

하인1 그만하십시오, 공작님.
제가 어렸을 때부터 공작님을 모셔왔습니다만,
지금 공작님께 그만하시라고 말씀 드리는 것보다

더 잘 섬긴 일은 없었습니다.

리건 뭐라고, 이 개 같은 놈이?

하인1 마님께서 턱에 수염을 기르셨다면 마님과
결투했을 것입니다. 대체 왜들 이러십니까?

콘월 감히 하인 놈 따위가? (둘 다 칼을 빼서 싸운다)

하인1 그렇다면 덤비시죠, 누가 죽을지 봅시다.
(콘월에 상처를 입힌다)

리건 (다른 하인에게)
내게 칼을 다오. 천한 것이 이렇게 덤벼?
(칼을 들고 달려가 하인1의 등을 찌른다)

하인1 아, 나는 죽는구나! 백작님, 한쪽 눈은 남았으니
공작이 입은 상처를 보십시오. 아! (죽는다)

콘월 더 이상 못 보게 해주지. 빠져라, 사악한 눈알아!
이제 네 놈의 빛은 어디 있느냐?

글로스터 온통 어둡고 답답하기만 하구나.
내 아들 에드먼드는 어디 있소?
에드먼드, 자식 된 도리를 모두 불태워
이 끔찍한 짓에 대해 복수해라.

리건 이 배신자 놈아, 잘못 짚었다.
네 놈을 미워하는 자를 부르고 있구나. 네 놈의
배반을 우리에게 알린 자가 바로 에드먼드였다.

너를 동정하기에는 너무 올바른 사람이지.

글로스터 내가 어리석었구나! 에드가가 누명을 쓴 것인가?
선한 신들이시여, 저를 용서하시고 에드가를 도와주소서.

리건 (하인에게)
가서 저 놈을 문 밖으로 내다 버려라. 냄새로 길을
찾아 도버로 가도록 말이다.
여보, 어떻게 된 거에요? 괜찮아요?

콘월 상처를 입었소. 갑시다, 부인.
(하인들에게) 눈 없는 이 악당을 내쫓아라.
죽은 이 하인 놈은 거름 더미에 던져버리고.
(하인들 글로스터를 데리고 시체와 함께 퇴장)
리건, 내게서 피가 많이 나는군.
좋지 않은 때에 이런 상처를 입었어.
나를 부축해주시오. (콘월과 리건 퇴장)

하인2 저자가 잘 된다면
나도 거리낌 없이 나쁜 짓을 하겠다.

하인3 저 여자가 오래 살아서,
제명대로 살다 죽는다면,
모든 여자들이 괴물로 변할 거야.

하인2 늙은 백작님을 따라가서 백작님이 원하시는
곳까지 그 미치광이가 모셔 가게 하세.

떠돌이 미치광이이니 무슨 짓을 시켜도
괜찮을 것이야.

하인3 먼저 가게. 난 피 흘리는 백작님 얼굴에 붙일
아마포와 달걀 흰자위를 가져오겠네.
하늘이시여, 백작님을 도우소서! (모두 퇴장)

4막 1장

광야. 에드가 등장

에드가 보이는 곳에서는 아첨 받으면서도
무시당하는 것 보다는, 지금 내 처지처럼 대놓고
무시당하는 편이 낫지. 운명의 수레바퀴의
가장 낮은 곳으로 떨어진 최악의 상황에 있어도
여전히 희망을 품고 살 뿐, 두려움은 없으니.
최상의 상태에서 떨어지는 것은 슬프지만
최악의 상태에서는 웃을 일만 남은 법이지.
그렇다면, 어서 오라 바람이여, 너를 안아주겠다.
네가 최악의 상태로 몰아간 이 불쌍한 자는
너의 광풍에 진 빚이 전혀 없으니까.

(노인의 손에 이끌려 글로스터 등장)

그런데 이게 누구야? 아버지께서, 저런 식으로?
아, 세상이여, 세상이여!
　알 수 없는 변화 때문에 세상을 증오하면서도
　이를 막을 길 없음을 알기에,
　늙어가는 사실도 받아들일 수밖에 없지.

노인 아 착한 백작님, 저는 주인님의 아버지 시절부터 지금까지 팔십 년 동안 주인님의 소작농이었습니다 —

글로스터 가게나, 어서, 나를 두고 가게나.
자네의 위로가 내게 전혀 도움이 안 되지만,
저들이 자네마저 해칠지도 모른다네.

노인 오, 백작님. 앞도 못 보시잖아요.

글로스터 갈 곳이 없으니, 눈도 필요 없다네.
오히려 눈이 있을 때 넘어졌지.
부유할 때는 교만해지지만,
오히려 결점이 도움이 되는 경우가
종종 있다네. 아, 사랑하는 아들 에드가,
아비가 속아서 네게 화를 냈구나.
그저 살아서 너를 만져 볼 수 있다면,
눈을 되찾았다 말할 수 있을 텐데.

노인 이런, 거기 누구요?

에드가 (방백) 아, 신들이여! '내가 최악이다'라고 말할 수 있는 자가 누구인가?
나의 처지가 이전보다 더 못하구나.

노인 (글로스터에게) 미친 거지 톰이군요.

에드가 (방백) 아직도 더 나빠질 수 있으니
'이것이 최악이다'라고 말할 수 있는 한
최악은 아니야.

노인 (에드가에게) 이보게, 어디로 가고 있나?

글로스터 거지인가?

노인 미친 거지입니다.

글로스터 정신이 아주 나간 것은 아니겠지, 구걸은 하니까.
지난 밤 폭풍 불 때 그런 자를 봤는데,
그 자를 보고 있자니 사람의 가치가 벌레 같더군.
그때 아들 생각이 났지만, 아직도 분이 덜 풀렸지.
그이후로 더 많은 일들을 듣게 되었네.
장난꾸러기 아이들이 벌레들을 대하듯
신들이 장난삼아 우리를 죽이곤 하지.

에드가 (방백) 어째서 이렇게 되셨단 말인가?
슬픔에 빠진 분에게 거짓 광대 짓은 못하겠구나,
보는 사람들마저 괴롭히는 짓이야.
(글로스터에게) 복 받으세요, 나리.

글로스터 벌거벗은 녀석이 한 말인가?

노인 그렇습니다, 백작님.

글로스터 그러면 물러가게나. 옛정을 생각해서
혹시라도 도버 방향으로 일 이마일 정도
우리를 뒤따라 올 수 있다면,
이 벌거벗은 녀석을 위해 옷이라도 갖다 주게.
이자에게 길안내를 해달라고 할 것이야.

노인 아이고, 백작님, 이 자는 제정신이 아닙니다.

글로스터 미친 사람이 앞 못 보는 사람을 이끌어야 하는
세상을 탓해야겠지. 내가 말하는 대로 해주게.
아니면 자네 마음 가는대로 하던지.
하지만 우선 가보게.

노인 무슨 일이 있더라도 제가 갖고 있는
가장 좋은 옷을 가져다주겠습니다. (퇴장)

글로스터 이봐, 벌거벗은 친구.

에드가 거지 톰은 추워요. (방백) 더 이상 못 숨기겠다 —

글로스터 이리로 오게나.

에드가 (방백) 그래도 아직은 숨겨야만 하겠지.
(글로스터에게) 나리 눈에 축복을, 눈에서 피가 나네요.

글로스터 도버로 가는 길을 아는가?

에드가 문 앞 디딤돌과 대문도 알고, 말 타고 가는 길과 걸어서 가는 길까지 알지요. 거지 톰은 무서워서 정신이 나갔어요. 평민의 아들

인 당신에겐 악마가 깃들지 않기를 빌어요. 다섯 악마들이 한꺼번에 거지 톰에게로 들어왔죠. 색마 옵디컷, 어둠의 왕 호버디덴스, 도둑질의 마후, 살인마 모도, 이제껏 하녀와 시녀들에게 들러붙었던 찌푸린 얼굴의 플리버티지벳까지. 그러니 부디 조심하세요, 나리.

글로스터 여기 이 돈주머니를 받게. 하늘의 모든 시련을
견디고 있는 자네에게 주지. 비참한 내 모습에
비하면 오히려 네가 더 행복하구나.
하늘의 처분이 그대로이길!
넘치도록 풍요로우며 색욕에 빠져 사는 사람은
하늘의 명령을 따르지 않고 자기 뜻대로 사는 법.
느끼지 못하니 알지도 못하겠지.
이런 자가 하루속히 하늘 무서운 줄 알게 하소서.
그러니 공평히 분배되어
모두가 충분히 갖게 해주소서.
도버로 가는 길을 아는가?

에드가 알지요, 나리.

글로스터 둘러싸인 바다를 향해 높고 굽은 꼭대기가
아찔하게 나있는 절벽이 있네.
그곳 가장자리까지만 나를 데려가 주게.
그러면 자네가 겪는 비참함을 벗어나도록

내가 갖고 있는 보석으로 자네에게 사례 하겠네.
거기까지만 나를 데려다주게나.

에드가 팔을 이리 주세요.
거지 톰이 나리를 이끌 테니까. (퇴장)

4막 2장

올버니 공작의 궁전 앞. 고너릴, 에드먼드 등장. 뒤이어 오스왈드 등장

고너릴 어서 오세요, 백작. 순해빠진 남편이
마중 오지 않았다니 이상하군요.
(오스왈드에게) 그래, 네 공작은 어디 계시느냐?

오스왈드 마님, 안에 계시지만 사람이 완전히 변하셨어요.
이 땅에 상륙한 군대에 대해 말씀드렸더니
웃으셨습니다. 마님께서 오신다고 말씀드렸더니,
'더 나쁜 소식이군' 이라 하셨죠. 글로스터의
배신과 그의 아들의 충성에 대해 말씀드렸더니,
저보고 어리석은 놈이라고 하시며,
돌아가는 상황을 잘못 알고 있다고 하셨습니다.
가장 싫어하셔야할 일을 즐거워하시는 듯 했고,

즐거워해야 할 일을 싫어하시는 듯 보였습니다.

고너릴 (에드먼드에게) 그렇다면 들어가지 마세요.
그 양반이 겁쟁이처럼 두려워해서
이 일을 떠맡으려하지 않는군요. 복수해야 할
일에 대해 꿈쩍도 하지 않는 위인이죠.
오는 길에 우리가 바랐던 일이 성사되면 좋겠어요.
에드먼드, 콘월공작께로 돌아가세요.
서둘러 그의 군대를 소집하고 지휘하세요.
이곳에서는 내가 무장을 하고 남편에겐
물레질이나 맡겨야겠어요. 이 충직한 하인이
우리 사이를 오가며 소식을 전할 겁니다.
스스로를 위해 모험을 감행할 생각이 있다면
곧 여인의 명령을 들어야 할 것이에요.
이걸 받아요.
(에드먼드의 목에 목걸이를 걸어준다)
아무 말 말고,
머리를 숙여요. 이 키스가
당신의 기백을 채워 줄 거예요.
이게 무슨 뜻인지 잘 헤아리고. 안녕히 —

에드먼드 죽을 때까지 충성을 다하겠습니다. (퇴장)

고너릴 — 내 사랑 글로스터.

아, 같은 남자인데 이렇게 다를까!
그대야말로 여인의 사랑을 받을 자격이 있는데
바보가 내 침실을 차지하고 있군요.

오스왈드 마님, 공작께서 오십니다. (퇴장)

(올버니 등장)

고너릴 저를 보기가 싫으셨다면서요.

올버니 오 고너릴,
그대는 거친 바람에 날려 얼굴에 묻은
먼지만도 못한 사람이오. 그대의 성품이 두렵소.
근본을 무시하는 사람은
끝 간 데 없이 행동하는 법이오.
어미그루에서 스스로를 억지로 잘라내면
반드시 시들어 끝이 나쁘기 마련이란 말이오.

고너릴 말도 안 되는 설교는 그쯤 해두세요.

올버니 악한 사람들에게는 지혜와 미덕도 역겨우니,
스스로의 역겨움만 맛볼 뿐.
도대체 무슨 짓을 한 것이오? 사람의 딸이 아닌
호랑이들이여, 무슨 일을 저지른 것이오?
묶여 있어 분노한 곰조차 혀로 핥아 드릴만큼
존경심을 자아내는 연로하고 인자한 아버지를
미치게 만들었소, 야만스럽고 타락한 그대들이.

콘월 공작이 그대들의 짓거리를 두고 보았소?
왕께 그토록 은혜를 입어 군주가 된 사람이?
하늘이 이런 사악한 죄를 바로잡기 위해
눈에 보이는 징벌자들을 즉시 보내지 않는다면,
깊은 바다 속 괴물들처럼 인간이 인간을
잡아먹는 일이 벌어질 것이오.

고너릴 겁쟁이 같은 남자,
뺨과 머리를 맞아도 참고, 분노해야할 때와
명예롭게 참아야 할 때를 구별할 눈조차 없는 인간.
악당에게 당하고도 그들이 받을 처벌을
동정하는 바보 같은 사람![1]
진군나팔은 어디에 두었나요?
프랑스 왕이 조용한 이 땅에서 군기를 휘날리며
깃털 꽂은 투구 쓰고 당신의 영토를 위협하는데
어리석은 도덕군자인 당신은 그저 주저앉아
'아이고, 그가 왜 이러는가?'라며
울고 있기만 할 건가요?

올버니 스스로를 보시오, 악마 같은 사람,
당신 같은 여인에게서 악마의 흉악함이 보이니

---

1) 사전에 처벌하여 악행을 예방하는 것이 최선이라는 의미. 고너릴의 비난은 예수의 산상수훈 (마태복음 5장)을 떠올리게 한다.

더욱 더 흉하게 보이는군.[2]

고너릴 아, 어리석은 바보!

올버니 여자로 변장하여 모습을 감춘 괴물,
부끄러운 줄 알면 여자의 아름다움을
끔직하게 만들지 마시오. 마음가는대로
행동할 수 있다면, 그대의 살과 뼈를
찢어내련만! 그대가 악마이지만,
여자의 모습 하고 있기에 참는 것이오.

고너릴 이런, 남자다우시네? 야옹! —

(전령 등장)

올버니 무슨 소식이냐?

전령 공작님, 콘월 공작이 죽었습니다,
글로스터의 남은 한쪽 눈마저 뽑으려다
자신의 하인 손에 그만.

올버니 글로스터의 눈을?

전령 공작이 기른 하인이 양심의 가책을 느껴
공작의 행동을 막고자 주인에게 칼을 겨누었고,
이에 분노한 공작이 덤벼들어 그를 죽였습니다만,
공작 또한 심한 상처를 입어

---

2) 악마의 흉악함은 당연하나, 미덕을 갖추고 있을 것으로 여겨지는 여인의 모습에게서 그러한 흉악함이 드러나니 더욱 더 흉하게 보인다는 뜻.

결국엔 목숨을 잃었습니다.

올버니 하늘의 심판자들이시어,
당신들이 계심을 보여 주시는군요,
이렇듯 지상의 죄악을 신속히 징벌하시다니.
하지만, 아, 불쌍한 글로스터,
다른 한쪽 눈도 잃었단 말인가?

전령 둘 다 잃었습니다, 공작님.
(고너릴에게) 마님, 동생께서 급히 답을 달라고
보낸 편지입니다.

고너릴 (방백) 한편으로는 잘 된 일이지만,
리건이 혼자가 됐고, 내 글로스터와 함께 있으니
글로스터를 차지할 내 꿈이 다 무너질 수도 있겠구나.
그래도 달리 보면 그렇게 나쁘지만은
않은 소식이야.
(전령에게) 읽어보고 답을 주겠다. (퇴장)

올버니 그들이 글로스터의 눈을 뽑을 때 백작의 아들은 어디 있었나?

전령 마님과 함께 이곳으로 왔습니다.

올버니 이곳에 없는데.

전령 그렇습니다. 오는 길에 돌아가는 그를 만났습니다.

올버니 그도 자기 아버지가 당한 일을 알고 있나?

전령 네, 공작님. 아비를 콘월공작부부에게 밀고하고

그들이 아비를 마음껏 처벌하도록
일부러 집을 비운 자가 바로 그입니다.

올버니 글로스터 백작,
내 반드시 왕에 대한 그대의 충성심에 보답하고
그대의 눈에 대해 복수 하겠소. 이보게, 이리 와서
자네가 알고 있는 일에 대해 더 말해보게. (퇴장)

4막 3장

도버 근처의 프랑스 진영. 켄트와 신사 한 명 등장

켄트 프랑스 왕께서 급히 귀국하신 이유를 아시오?

신사 마무리 짓지 못하고 오신 일이 있는데, 이곳에 오고 나서야 생각이 나신 듯합니다. 그런데 그 일이 왕국의 안위에 매우 위협이 되는 일이어서 왕께서 직접 가셔야만 했습니다.

켄트 누구를 사령관으로 남겨두고 가셨소?

신사 프랑스의 총사령관인 파르 경입니다.

켄트 그대가 전한 편지를 읽고 여왕께서 슬픈 모습을 보이셨소?

신사 그렇습니다. 편지를 받아 제 앞에서 읽으셨는데
때때로 고운 뺨 위로 많은 눈물이
흘러내렸습니다. 감당할 수 없는 감정을
이겨내려 애쓰는 모습이었습니다.

켄트 아, 그렇다면 편지에 마음이
움직인 건가?

신사 분노하실 정도는 아니었습니다. 인내와 슬픔이
서로 그분의 감정을 드러내려 싸우는 것 같았죠.
햇볕과 비가 동시에 보인다고 해야 할까,
미소와 눈물이 함께 한다고 하는 편이 낫겠군요.
도톰한 입술이 머금은 행복한 듯 옅은 미소는
두 눈가에 찾아온 이를 알지 못하는 듯했고,
다이아몬드에서 진주가 떨어져 나오듯,
눈물은 눈가에서 흘러 내렸습니다.
모두가 그분처럼 눈물로 슬픔을 빛낸다면,
슬픔이야말로 보석처럼 소중한 존재가 되겠죠.

켄트 물어보신 것은 없소?

신사 한두 번 아버지의 이름을 힘겹게 불렀습니다,
마치 그 이름이 가슴을 짓누르기라도 하듯이.
그리곤 이렇게 소리쳤습니다,
"언니들, 언니들, 여자들의 치욕인 언니들!
켄트, 아버지, 언니들. 아니, 폭풍우 치는 밤에?
인간에겐 동정심도 없단 말인가!" 그 때에
천상의 눈으로부터 성수를 씻어 냈고,
격한 감정은 그녀를 삼켰습니다. 그리고

홀로 감정을 삭이고자 자리를 옮겼습니다.

켄트 역시 우리의 성격을
결정하는 것은 하늘에 떠 있는 저 별들인가?
아니라면, 같은 부모 사이에서 저렇게
다른 자식들이 나올 수 없겠지.
그 후로 여왕님과 말을 나누지 못했소?

신사 그렇습니다.

켄트 그 일이 프랑스 왕께서 귀국하시기 전이었소?

신사 아닙니다. 그 후에 만나 뵈었습니다.

켄트 슬픔에 잠긴 불쌍한 리어 왕께서 마을에 계시오.
잠깐이라도 상태가 나아질 때에는
그동안의 일들을 기억하시며,
한사코 따님을 만나려하지 않으시오.

신사 왜 그러시죠?

켄트 감당 못 할 부끄러움 때문이죠. 작별 인사도 없이
낯선 땅으로 딸을 쫓아낸 자신의 무정함 때문에
그녀에게 돌아갈 유산을 무정한 딸들에게 주었고
그걸 생각하면 가슴이 너무나도 아프니
낯 뜨거운 수치심에 딸을 만나지 못하는 거요.

신사 아, 불쌍한 분.

켄트 올버니와 콘월의 군대에 대한 소식은 없소?

신사 지금 이리로 오고 있다고 들었습니다.

켄트 알겠소. 내 주인이신 리어 왕께 갑시다.
가서 왕을 돌봐드리시오. 중요한 이유가 있어서
얼마동안은 변장을 해야 합니다.
내 정체가 밝혀지면, 나를 알게 된 것을
후회하지 않을 것이오.
자, 함께 갑시다. (퇴장)

4막 4장

같은 장소. 북과 군기를 들고 코딜리어, 신사, 장교, 군사들 등장

코딜리어 아! 아버지다. 방금 전에 마주친 아버지께서는
성난 바다처럼 제정신이 아니셔서
큰 소리로 노래 부르고, 반짝이는 자주괴불주머니
이랑 잡초, 흰 마디풀, 독미나리, 쐐기풀
구륜 앵초, 가라지와 식용 옥수수 밭에서 자라는
무익한 잡초들로 만든 화관을 쓰고 계셨어.
(장교에게) 백 명의 군사들을 보내어
무성하게 자란 들판을 샅샅이 찾아서
아버지를 내 눈앞으로 모셔오시오.
아버지의 정신을 회복시킬 방법이 있소?
아버지의 회복을 돕는 자에게

많은 보상을 하겠소. (장교, 군사들과 퇴장)

신사 마마, 방법이 있습니다.
우리의 온전함을 지켜주는 것은 수면인데,
폐하께서는 바로 그 잠이 부족합니다.
많은 약초들을 써서 폐하를 진정시키면
아픔을 잊고 잠에 드실 것입니다.

코딜리어 모든 복된 비법과
알려지지 않은 약초들이 내 눈물과 함께 자라서
이렇게 선한 분의 아픔을 덜어주고 낫게 해주길!
어서, 어서, 폐하를 찾아보아라,
삶을 이어갈 온전한 정신마저 잃어버린 그 분이
감당 못 할 광기로 목숨마저 잃지 않도록.

(전령 등장)

전령 마마, 전할 소식이 있습니다.
브리튼의 군대가 이곳으로 오고 있습니다.

코딜리어 이미 알고 있다. 그에 대비해 병력을 배치했지.
아, 사랑하는 아버지,
제가 하는 일은 모두 아버지를 위해서입니다.
그래서 위대한 프랑스 왕은
슬프게 애원하는 저의 눈물을 불쌍히 여겼고,
헛된 야심이 아니라 저를 향한 진정한 사랑과

연로하신 아버지의 권리를 위해 전쟁을 일으켰죠.

곧 아버지의 소식을 듣고 뵐 수 있으면 좋으련만.

(퇴장)

4막 5장

글로스터 성의 방 안. 리건과 오스왈드 등장

리건 올버니 공작의 군대도 출정했느냐?

오스왈드 네, 마님.

리건 공작께서도 몸소 참전하셨고?

오스왈드 많이 얹잖아하시면서요. 마님의 언니가 더 용감한 군인입니다.

리건 에드먼드 경이 네 주인과 집에서 말을 나누지 않았느냐?

오스왈드 네, 마님.

리건 언니가 에드먼드에게 보낸 편지 내용이 뭐지?

오스왈드 모르겠습니다, 마님.

리건 그래, 에드먼드는 중요한 일로 급히 나갔지.
글로스터의 눈을 뺀 채로 살려둔 것은
정말 큰 실수였어. 그 노인네가 가는 곳마다

민심이 우리에게 등을 돌리고 있잖아.
아마 에드먼드는 아비의 처지를 불쌍히 여겨
앞 못 보는 그의 목숨을 거두러 갔겠지.
더불어 적의 세력도 살필 겸 해서 말이야.

오스왈드 마님, 저는 이 편지를 갖고 그를 쫓아가 봐야겠습니다.

리건 우리 군대는 내일 출정한다. 여기 있어라.
가는 길이 위험해.

오스왈드 그럴 수는 없습니다.
주인마님께서 일을 잘 수행하라 명령하셨습니다.

리건 언니가 왜 에드먼드에게 편지를 썼지?
언니의 뜻을 말로 전할 수는 없었느냐?
내가 모르는 무언가가 있는 것 같은데 —
네게 많은 사례를 하겠다.
그러니 그 편지를 뜯어보자꾸나.

오스왈드 마님, 전 차라리 —

리건 네 주인이 자기 남편을 사랑하지 않는 것을 안다.
잘 알고 있지. 게다가 전에 여기 왔을 때
에드먼드에게 야릇한 눈빛과 표정을 지었지.
언니가 너를 신뢰하고 있다는 것을 안다.

오스왈드 저를요?

리건 다 알고서 하는 말이다. 언니는 너를 믿고 있어.

그래서 내 말을 잘 들으라고 충고하는 것이다.
내 남편은 죽었고 에드먼드는 나와 말을 맞췄다.
그러니 에드먼드가 너의 안주인보다는
내 손을 잡는 것이 더 어울리겠지.
나머지는 네가 알아서 생각해보아라.
에드먼드를 만나면 이것을 주어라.
그리고 네 안주인이 내가 한 말에 대해 묻거든
제발 정신 차리길 바란다고 전해라.
자, 그럼 잘 가거라.
혹시라도 눈 먼 배신자 소식을 듣게 되면
그 자의 목을 벤 자가 출세한다는 점 기억하고.

오스왈드 그자를 만났으면 좋겠군요. 제가 어느 편인지
보여 드릴 수 있을 테니까요.

리건 잘 가거라. (모두 퇴장)

4막 6장

도버 근처의 시골. 글로스터와 농부 차림의 에드가가 지팡이를 들고 등장

글로스터 언제쯤 내가 말한 언덕 위에 도착하겠는가?

에드가 지금 올라가고 있습니다. 지금 얼마나 힘들게 가고 있는지 보세요.

글로스터 땅이 평평한 것 같은데.

에드가 무시무시한 절벽이에요.
들어보세요. 저 바다 소리 들리죠?

글로스터 아니, 전혀.

에드가 그렇다면 눈의 고통 때문에 다른 감각도
점점 약해지고 있군요.

글로스터 정말 그럴 수도 있겠군.
자네 목소리도 달라진 것 같고, 표현이나

내용도 이전하고는 다른 것 같구먼.

에드가 아니에요. 옷을 바꿔 입은 것 말고는
달라진 게 전혀 없는 걸요.

글로스터 말투도 전보다 더 나아진 것 같은데.

에드가 자, 다 왔습니다. 가만히 계세요.
저 아래를 내려다보니 정말 무섭고 아찔하네요.
절벽 중간쯤에 날고 있는 까마귀와 갈가마귀들이
겨우 딱정벌레만 하게 보이고, 그 반쯤 아래에
목숨 걸고 초본[1]을 채집하는 사람도 보입니다.
온몸이 머리만한 크기로 보이네요.
해변을 걷는 어부들도 생쥐같이 보이고
저기 정박한 커다란 범선도 구명선 만큼
작아 보이고, 그 구명선은 부표처럼 작아서
눈에 보이지도 않아요.
수많은 조약돌에 부딪히며 웅얼대는 파도 소리도
이렇게 높은 곳에서는 들리지도 않습니다.
머리가 어지러워지고 눈앞이 흐려져서
거꾸로 떨어지지 않으려면
그만 내려다봐야겠어요.

---

1) 샘파이어(samphire)를 말하며, 유럽의 해안가 절벽에서 자라는 미나리과 식물로서, 그 잎은 허브로 이용됨.

글로스터 자네가 서 있는 곳으로 나를 데려다주게.

에드가 제 손을 잡으세요. 지금 절벽 바로 앞에 계십니다.
세상을 다 준다 해도 여기서는
뛰어내리고 싶지 않네요.

글로스터 내 손을 놓게.
이보게, 여기 지갑이 하나 더 있으니 받게나.
그 안에 보석이라면 가난은 면할 것이야.
요정들과 신들이 자네에게 복을 주길 빌겠네.
물러서게나. 작별인사를 하고
자네가 돌아가는 발소리를 듣게 해주게.

에드가 그럼 잘 가세요, 나리.

글로스터 진심으로 그리 하겠네.

에드가 (방백) 이렇게 아버지의 절망감을 갖고
장난치는 이유는 그 절망감을 치유하기 위함이지.

글로스터 (무릎을 꿇으며) 아, 위대한 신들이시어,
이제 이 세상을 떠나며 당신들이 보는 앞에서
말없이 이 힘든 고통을 털어내려 합니다.
이 고통을 더 오래 견디며
저항할 수 없는 당신들의 뜻을 따르다가는
꺼져가는 생명의 저주 받은 육체마저
다 타버릴 것입니다.

에드가가 살아 있다면, 그를 축복해주소서!
이보게, 그럼 잘 가게나. (몸을 던져 넘어진다)

에드가 가셨군요. 안녕히.
(방백) 정말 죽으려 할 때에, 죽고 싶은
생각만으로 목숨을 잃을 수 있을지
알 수가 없구나. 아버지 생각대로 되었다면,
지금쯤은 돌아가셨겠지만.
(글로스터에게) 살았나요, 죽었나요?[2]
이봐요, 내 말이 들려요? 말 좀 해봐요! —
(방백) 정말로 돌아가셨나? 의식이 돌아오는군.
이봐요, 누구세요?

글로스터 나를 죽게 내버려두시오.

에드가 거미줄이나 깃털이나 공기처럼 가볍지 않았다면
이렇게 높은 절벽에서 떨어졌으니
계란처럼 박살이 났을 겁니다.
그래도 이렇게 숨쉬고, 무거운 몸인데
피도 흘리지 않고, 말도 할 만큼 멀쩡하네요.
댁이 수직으로 떨어진 절벽의 높이는
돛대 열 개를 연결해도 이를 수 없을 정도에요.

---

2) 에드가가 시골 농부처럼 목소리를 바꾸어 절벽에서 떨어진 글로스터를 바닷가에서 발견한 것처럼 연기하기 시작하는 대목이다.

목숨을 건진 것이 기적입니다.
다시 말을 해보세요.

글로스터 내가 떨어진 것이 맞소?

에드가 바닷가에 서있는 흰색 절벽 위
무시무시한 꼭대기에서 떨어졌죠. 위를 보세요.
저 멀리 있는 날카로운 소리를 내는 종달새가
보이지도 들리지도 않습니다. 어서 보라니까요.

글로스터 아이고, 난 눈이 없소이다.
죽음으로 비참한 삶을 끝낼 수도 없단 말인가?
그나마 죽음만이 폭군 같은 삶의 비참함을
이겨낼 수 있는 약간의 위안이었는데.

에드가 제 팔을 잡으세요.
일어서세요, 그렇게. 어떠세요?
다리에 감각이 느껴지나요? 이제 서셨군요.

글로스터 너무나도 멀쩡히 서 있소.

에드가 정말 신기한 일입니다.
저 절벽 위에서 댁과 헤어진 것이
대체 무엇이었나요?

글로스터 불쌍한 거지였소.

에드가 여기 아래쪽에 서서 보니 그의 눈이
두 개의 보름달 같았어요. 코는 천 개나 달렸고,

쇠고둥처럼 뒤틀리고 거친 파도 같은
물결모양의 뿔이 달려 있었죠. 그건 악마였어요.
그러니, 운 좋은 노인장,
인간에겐 불가능한 일들도 해내는
고귀하고 흠 없는 신들이
댁을 구해주셨다 생각하세요.

글로스터 이제 기억이 나는군. 이제부터는 고통이
"이젠 됐어, 충분해" 하며 사라질 때까지
그 고통을 견디며 살겠소. 댁이 말한 그것이
사람인줄 알았군요.
그것이 "악마다, 악마야"라고 말하곤 했는데,
나를 여기까지 데려왔어요.

에드가 마음을 편히 하고 인내심을 갖으세요.

(야생화를 머리에 꽂은 쓴 리어 등장)

그런데 저건 누구지?
제정신인 사람이라면
저런 모습으로 다니지 않을 텐데.

리어 아니야, 나를 위폐범으로 잡을 수는 없지. 내가 바로 국왕이니까.

에드가 아, 가슴을 미어지게 하는 모습이로구나!

리어 자연이 예술보다 더 가슴 아픈 광경을 보여주지. 자 여기 징병용

선불금이다. 저놈은 활을 허수아비처럼 다루는구나. 활시위를 끝까지 당겨봐라. 저기, 저기, 생쥐가 있어. 조용, 조용히! 구운 치즈 한 조각이면 저놈을 잡을 수 있어. 자, 내 도전을 받아라.[3] 내가 이 거인과 승부를 내겠다. 창기병들을 불러오너라. 잘 나는구나, 매야, 그래, 과녁으로, 명중이다! 씽! 암호를 대라.

에드가 꽃박하.

리어 통과.

글로스터 아는 목소리인데.

리어 하! 흰 수염 기른 고너릴? 그놈들은 개처럼 내게 아첨하면서 내 턱에 검은 수염 나기도 전에 흰 수염 났다고 했었지.[4] 내가 "맞다" 하면 "맞습니다" 하고 "아니다" 하면 "아닙니다" 라고 말하는 짓은 결코 나를 신성한 왕으로 여기는 것이 아니야. 비에 몸이 젖었는데 바람까지 불어 벌벌 떨 때, 천둥이 내 명령에도 그치지 않을 때, 그놈들의 정체를 알았지, 낌새를 챈 거야. 그렇지, 그놈들은 믿을 수가 없어. 그놈들은 내가 완벽하다고 했지만, 거짓이었어. 몸에 열이 나고 춥잖아.

글로스터 저 특이한 목소리를 잘 기억하고 있다.
폐하가 아니십니까?

---

3) 갑옷용 장갑(gauntlet)을 던지는 행위는 상대방에 대한 도전을 의미한다.

4) "내가 아직 어린아이일 때에도 나보고 현명하다 했지"라는 의미이다. 이 말 그대로라면 리어의 재위기간은 60년 이상이 된다.

리어 그래, 어느 모로 보나 속속 들이 왕이지.
내가 눈을 부릅뜨고 보면, 백성들이 벌벌 떨잖아.
저자의 목숨은 살려 주마. 너의 죄목은 뭐냐?
간음이라고?
살려주마 — 간음했다고 사형이라? 아니지!
굴뚝새도 그 짓을 하고 작은 금색 파리도
내 앞에서 교미를 한다. 교접을 많이 하라.
글로스터의 서자가 적법한 내 딸들보다
자기 아비에게 더 효성스러웠으니까.
마음껏 해라, 마음껏 색정을 채워,
내게 군사가 부족해.
저기 교태부리며 웃음 짓는 여인을 보라.
가랑이 사이가 정숙한 것 같은 얼굴을 하고
점잔빼는 걸음걸이로 고상한척 하며
음담패설에는 고개를 젓고 있구나.

족제비나 원기 왕성한 말도 저 여자보다 더 격렬하게 색을 밝히지는 않지. 저것들의 허리 위는 여자들이지만, 그 아래로는 켄타우로스.[5] 하지만 허리까지는 신들의 차지이고, 그 아래로는 악마의 것이지. 그곳은 지옥이야, 그곳은 어두워, 그곳은 불타오르

---

5) 켄타우로스(centaur)는 고대 그리스 신화에 나오는 반인반마의 괴물로서, 난폭하고 호색적인 종족으로 알려져 있다.

고, 들끓고, 악취 나고, 모든 것을 태워 없애는 유황 불구덩이야! 아, 싫다, 이 냄새! 윽! 약제사 양반,[6] 마음만이라도 편해지게 내게 사향 일 온스만 주게. 돈은 여기 있네.

글로스터 아, 그 손에 입 맞추게 해주소서!

리어 먼저 손 좀 닦고서. 죽음의 냄새가 나거든.

글로스터 아, 왕께서 이리 무너지시니, 온 우주가
닳아 없어지겠구나. 저를 알아보시겠습니까?

리어 그대 눈은 잘 기억하고 있지.
나를 째려보는 건가? 그만, 눈먼 큐피드야,
아무리 네 멋대로 굴어도 난 사랑하지 않겠다.
이 도전장을 읽고 그 필체를 잘 보거라.

글로스터 폐하의 모든 편지들이 태양이라 해도, 저는 하나도 볼 수가 없습니다.

에드가 (방백)
소문으로 들었다면 이 장면을 믿지 못했겠지.
그러나 이건 사실이야. 내 마음도 미어지고.

리어 읽어라.

글로스터 아니, 텅 빈 눈구멍으로 말입니까?

리어 오호, 그렇게 핑계를 댈 셈인가? 머리에는 눈이 없고, 지갑엔 돈이 없다? 자네 눈은 어려운 처지에 있고 자네 지갑은 가벼운 처

---

6) 글로스터에게 하는 말이다.

지에 있지만, 세상 돌아가는 법은 알고 있군.

글로스터 느낌으로 알고 있습니다.

리어 자네 미쳤나? 눈이 없어도 세상 돌아가는 법은 볼 수 있어. 자네 귀로 보게. 저기 있는 재판관이 저기 있는 불쌍한 도둑놈에게 소리치는 것 좀 보라고. 귀로 들어 보란 말이야. 두 사람의 자리를 바꿔 놓을 테니 맞춰보게. 누가 재판관이고 누가 도둑인가? 농부의 개가 거지에게 짖는 모습을 본 적이 있나?

글로스터 그렇습니다.

리어 그러면 그 인간이 똥개를 피해 달아나지. 어쩌면
거기에서 권력의 대단한 모습을 본 셈이야.
개도 관직에 있는 자에게는 순종하거든.
너 못된 포졸아, 그 끔찍한 손찌검을 멈춰라.
왜 그 창녀에게 채찍질을 하느냐?
너의 등부터 벗겨라. 너도 그녀를
욕정의 대상으로 사용하면서도, 같은 이유로
그렇게 채찍질하고 있지 않느냐.
고리대금업자가 사기꾼을 목매다는구나.
누더기 옷 사이로는 작은 죄도 크게 드러나지만,
관복과 모피 외투는 모든 것을 감추지.
죄에 금박을 입혀봐라, 정의의 강한 창끝도
상처하나 못입히고 부러지고 말지.

넝마를 입혀봐라, 난쟁이의 지푸라기라도
뚫어 버리지.
아무도 죄가 없어, 아무도. 내가 보장하지.
내 말을 믿어주게. 내게는 고소한 사람의 입을
다물게 할 만한 권력이 있어. 유리 눈을 끼고
비열한 책략가처럼 안 보이는 것을 보는 척 하게.
자, 자, 자, 자, 내 구두를 벗겨주게.
더 세게, 더, 그렇게.

에드가 (방백) 아, 분별 있는 말과 헛소리가 뒤섞이니,
광기 속에 이성이 함께 있구나.

리어 내 처지 때문에 울려면, 내 눈을 가져가게.
자네를 잘 알고 있지, 자네 이름은 글로스터야.
참아야하네. 우린 울면서 이 세상에 태어났어.
우리가 처음 숨을 쉬었을 때 소리치고 울었던
그 사실을 자네도 알고 있지. 내 충고를 잘 듣게.

글로스터 아, 어찌하여 이런 날이!

리어 태어날 때 우리는 이 거대한 바보들의 무대로
왔다고 울지. 이거 좋은 모자로군.
한 무리의 말발굽을 이 펠트 양모로 감싸면
기발한 전략이 되겠어. 시험을 해봐야겠군.
사위 놈들을 기습하면, 다 죽여야지.

죽여, 죽여, 죽여, 죽여, 죽여.

(신사 한 명과 시종 둘 등장)

신사 아, 여기 계신다. 어서 모셔라.
폐하, 따님께서 —

리어 구조도 못 받는다고? 뭐, 내가 포로가 됐다고?
나는 날 때부터 운명의 장난에 속는 바보로구나.
나를 잘 대접해라. 보석금을 받을 것이다.
의사를 보게 해다오, 뇌까지 상처를 입었다.

신사 필요한 것은 무엇이든 말씀하십시오.

리어 시종도 없이 나 혼자서?
이런, 남자를 눈물짓게 하는 상황이구나.
그의 눈은 정원의 물뿌리개가 되어버렸어.
그래, 가을날 먼지를 가라앉히려고.

신사 폐하.

리어 잘 차려입은 신랑처럼 용감하고 멋지게 죽겠다.
뭐라고? 난 장엄하게 기쁠 것이다. 자, 자,
여보게들, 나는 왕이야. 다들 알고 있지?

신사 폐하는 국왕이시니 저희는 폐하의 명을 따릅니다.

리어 그렇다면 용감히 죽을 필요는 없겠군.
자, 잡으려거든, 달려와 잡아보게나.
자, 어서, 어서, 잡아봐.

(달려가며 퇴장. 시종들 뒤를 따른다)

신사 가장 미친한 자의 일이라 해도 보기 힘든 광경이건만,
하물며 왕의 일이니 말해 무엇 할까.
폐하께는 두 딸들이 행한 패륜의 저주를 회복시킬
따님이 남아 있습니다.

에드가 안녕하십니까, 양반님.

신사 안녕하시오. 무슨 할 말이라도 있습니까?

에드가 임박한 전쟁에 대해 들
으신 것이 있나요?

신사 틀림없이 다 알려진 사실이오.
들을 수 있는 사람이라면 모두 다 듣고 있지요.

에드가 실례지만, 다른 쪽 군대[7]는 얼마나 가까이 왔습니까?

신사 가까운 곳에서 빠르게 진군하고 있소.
언제라도 본대를 보게 될 것이오.

에드가 고맙습니다. 더 드릴 말씀이 없
습니다.

신사 왕비께서는 특별한 이유가 있어서 여기 계시지만
그분의 군대는 이동했소.

에드가 고맙습니다. (신사 퇴장)

글로스터 언제나 온화한 신들이시어, 저의 사악한 마음이

---

7) 브리튼의 군대, 즉 고너릴과 리건이 이끄는 군대.

또다시 저를 유혹하여 당신들이 원하기 전에
죽지 못하도록 저의 목숨을 거두어가소서.

에드가 잘 기도 하셨습니다, 아버지.[8)]

글로스터 그런데 당신은 누구시오?

에드가 운명의 돌팔매에 길들여진 매우 가난한 자입니다.
제가 보고 겪은 슬픔을 통해 다른 사람들을 향한
동정심이 많아졌지요. 제 손을 잡으세요.
지내실 만한 곳까지 모셔다드리겠습니다.

글로스터 진심으로 감사드리겠소.
하늘의 은혜와 축복이 그대에게 깃들기를.

(오스왈드 등장)

오스왈드 현상범이다. 정말 운도 좋구나!
눈 없는 그대의 머리는 나를 출세시켜주려고
만들어졌군! 늙고 운도 없는 배신자여, 잠시나마
네 죄를 돌이켜보라. 그대를 처단할 칼을
내가 빼 들었다.

글로스터 그러면 이제 그대의 친절한 손으로
굳게 그 칼을 잡으시게. (에드가가 끼어든다)

오스왈드 건방진 농부야, 무슨 이유로

---

8) 연장자를 부르는 의미로 쓰였으며, 글로스터도 그렇게 이해하고 있다. 다만, 에드가는 자신의 아버지에 대한 호칭과 더불어 중의적으로 사용하고 있다.

감히 공표된 반란자를 도우려 하느냐? 그자의
불행이 네게 옮겨가지 않게 하고 싶다면,
그의 팔을 놓아라.

에드가 이유를 더 알기 전에는 못 놓것슈.[9]

오스왈드 놓아라, 천한 놈아. 안 그러면 널 죽이겠다.

에드가 착한 나리, 가던 길이나 가시고 불쌍한 사람들은 내버려둬유. 내가 태어난 지 두주밖에 안 된 아그라믄, 나리 하는 말에 겁을 먹었겠쥬. 아녀유, 그 노인네한테 가까이 가덜 마유. 경고하는디, 저리 가유. 안그라믄, 나리 대가리하고 내 몽둥이 중에 어느 놈이 더 단단한지 시험해보것슈. 농담 아뉴.

오스왈드 이 거름더미 같은 놈아, 꺼져라.
(칼을 빼들고 싸운다)

에드가 나리 이빨을 뽑아 드리것슈.[10] 덤벼유, 찌르려는 시늉만 하덜 말구. (오스왈드 쓰러진다)

오스왈드 나쁜 놈, 네가 나를 죽이다니. 이놈아,
이 돈주머니를 가져라. 네놈이 살아남는다면
내 시체를 묻고, 내 품안에서 편지를 찾아서
글로스터 백작인 에드먼드에게 전해라.
브리튼 진영으로 가서 그를 찾아라.

---

9) 에드가가 의도적으로 영국 남서부 지방의 사투리를 쓰고 있다.
10) 자신이 상대방보다 한 수 위라는 뜻이다.

아, 이렇게 허무하게 죽다니! (죽는다)

에드가 너를 잘 알고 있다. 충직한 악당,
악행만을 일삼는 네 안주인에게
충실한 놈이지.

글로스터 아니, 그자가 죽었소?

에드가 아버지, 여기 앉아서 쉬세요.
이사의 주머니를 뒤져 봅시다. 이자가 말한
편지가 어쩌면 도움이 될 수도 있겠죠.
그는 죽었습니다. 다른 사람 손에 죽지 않은 것이
유감일 따름이죠. 어디 봅시다.
허락해다오, 봉인아. 예의야, 우리를 욕하지 말고.
적들의 마음을 알아보기 위해서라면
그들의 심장이라도 찢어야 하는 법. 하물며
그들의 편지를 뜯어보는 것쯤이야 합법적이겠지.
(편지를 읽는다) "우리 서로간의 맹세를 기억해요. 그를 제거할 기회는 많아요. 나를 향한 마음만 변치 않는다면, 시간과 기회는 많이 있을 거예요. 그가 승리해서 돌아온다면 아무것도 할 수가 없어요. 그러면 나는 다시 포로가 되고, 그의 침실은 나의 감옥이 될 것이니, 그 끔찍한 침실의 열기로부터 나를 구하고 그 자리를 차지하세요. (당신의 아내라고 말하고 싶은) 사랑스런 애인이자 모험의 동반자. 고너릴."

아, 끝없는 여인의 욕정이여!
훌륭한 남편의 목숨을 노리는 흉계
그리고 바로 내 동생을 그 자리에 두려 하다니.
살인도 마다않는 호색한들의 더러운 전령인 너를
이곳 모래밭에 묻겠다. 그리고 적당한 때가 되면,
살인 음모의 대상이 된 공작에게
이 사악한 편지를 보여 주겠다.
너의 죽음과 임무에 대해
공작에게 말하는 것이 좋겠지.

(오스왈드의 시체를 끌고 퇴장)

글로스터 왕께서는 미치셨는데, 나의 못된 감각은
얼마나 질긴가! 이렇게 서서 엄청난 슬픔을
온전히 느끼고 있다니. 내가 미쳤다면 좋으련만.
그러면 내 생각이 슬픔과 멀어지고
망상 속에서 고통 자체를 잊을 텐데.

(멀리서 북소리 들린다)

(에드가 재등장)

에드가 제 손을 잡으세요.
저 멀리서 북소리가 들리는 것 같습니다.
자, 아버지, 제 친구 집에서 재워 드릴게요.

(모두 퇴장)

4막 7장

프랑스 진영의 막사. 코딜리어, 켄트, 신사 등장

코딜리어 오, 선한 캔트 공. 살아가면서 어떻게 그대의
선함을 따라갈 수 있겠소? 내 삶은 너무 짧고,
무엇을 한다 해도 그에 못 미칠 것이오.

켄트 알아주시는 것만으로도 충분합니다.
말씀드린 것은 더한 것도 덜한 것도 없는
사실 그대로입니다.

코딜리어 제대로 차려 입으세요.
이 초라한 옷들을 보면 끔직한 시간들이 생각나니
제발 벗어 버리고.

켄트 용서하십시오, 마마.
지금 정체를 드러내면 의도한 계획이 무너집니다.

부탁드리오니, 적당한 때가 될 때까지
저를 모른체 해주십시오.

코딜리어 그렇게 하겠소. (신사에게) 폐하의 상태는 어떻소?

신사 여전히 주무시고 계십니다, 마마.

코딜리어 아, 자비로운 신들이시여!
학대받은 아버지의 마음의 상처를 치유해주소서.
자식들 때문에 변한 아버지의 뒤틀린 감각들을
바로잡아 주소서.

신사 마마께서 괜찮으시다면,
폐하를 깨워드릴까요? 오랫동안 주무셨습니다.

코딜리어 그대가 아는 바대로 적절히 조치를 취하시오.
옷은 입혀 드렸소?

(하인들의 들것에 실려 리어 등장)

신사 그렇습니다, 마마. 깊은 잠에 드셨을 때
새 옷을 입혀 드렸습니다.
깨워드릴 때 옆에 계시옵소서.
분명 제정신을 차리셨을 것입니다.

코딜리어 좋소.

신사 더 가까이 오시옵소서. 거기 음악 소리를 더 크게 하라.

코딜리어 아, 사랑하는 아버지, 정신을 회복시킬 약이
저의 입술에 달려 있어서, 이 입맞춤으로 인해

두 언니들이 아버지께 가한 끔찍한 해악이
치유될 수 있기를.

켄트 다정하고 사랑스러운 공주님!

코딜리어 아버지께서 언니들의 아버지가 아니셨더라도,
이 흰 머리만으로도 동정심을 불러일으켰겠죠.
이런 얼굴로 거친 비바람을 맞으셨나요?
이리저리 번쩍이며 내리치는 번개와
무시무시한 천둥소리를 견디셨나요?
불쌍한 보초병처럼 이렇게 작은 덮개를 쓰고
지켜보셨단 말입니까? 전에 나를 물었던
적군의 개라 해도 그런 밤엔 내 화롯불 가에
있게 했을 것입니다. 불쌍한 아버지께서는
곰팡이 핀 짧은 밀짚 깔린 움막에서
돼지와 비참한 떠돌이들과 기꺼이 함께
계셨단 말입니까? 아이고, 아이고!
아버지의 목숨과 정신이 한꺼번에
끝장나지 않은 것이 기적이군요.
깨어나신다. 말을 걸어 보시오.

신사 마마께서 말을 거시는 것이 가장 좋습니다.

코딜리어 폐하, 어떠십니까? 기분이 어떠신가요?

리어 차라리 나를 무덤 속에 그냥 두지 그랬소.

그대는 축복받은 영혼이지만, 나는 불 바퀴에
매달려 있어서 내 눈물이 뜨겁게 녹은 납처럼
화상을 입힙니다.

코딜리어 폐하, 저를 알아보시겠습니까?

리어 당신이 영혼이란 것은 알지. 어디서 죽었소?

코딜리어 여전히 온전하지 못하시구나.

신사 이제 막 깨어나셨으니 잠시 지켜보시지요.

리어 내가 어디에 있었지? 여긴 어디인가? 한낮인가?
나를 속이고 있군. 다른 사람이 이렇게 속는 걸
봤다면 불쌍해 죽을 지경이었겠지. 무슨 말을
해야 할지 모르겠어. 이게 내 손인지도 모르겠고.
어디 보자 — 이 핀의 뾰족한 끝은 느껴지는군.
내 상태가 어떤지 제대로 알 수 있으면 좋으련만.

코딜리어 (무릎을 꿇는다) 폐하, 저를 보시고
제게 손을 얹고 복을 빌어 주소서!
(리어가 무릎을 꿇으려 하자 말린다)
아닙니다, 폐하, 무릎을 꿇으시면 안 됩니다.

리어 제발 나를 놀리지 마시오.
나는 어리석고 노망난 노인네요. 내 나이 여든을
넘겼지, 한 시간도 더하거나 빼지 않고 말이야.
게다가 솔직히 말하자면,

정신도 온전하지가 않은 것 같아.
그대와 이자를 내가 알고 있는 것 같은데,
확실하진 않아. 이곳이 어디인지도 모르겠고,
아무리 기억해내려 해도 이 옷들이 생각이 안나.
지난밤에 어디서 잤는지도 모르겠고 말이야.
그런데, 비웃어도 할 수 없소만, 내가 사람이듯이,
분명 이 여인은 내 아이 코딜리어가 틀림없어.

코딜리어 그래요 저에요, 제가 맞아요.

리어 울고 있느냐? 그렇군. 제발 울지 말거라.
내게 독배를 준다 해도 마시겠다.
나를 사랑하지 않는다는 것을 안다. 내 기억에
네 언니들이 나를 모질게 대했어.
너는 그래도 되지만, 그것들이 그러면 안 되지.

코딜리어 그렇지 않아요, 아니에요.

리어 이곳이 프랑스인가?

켄트 폐하의 왕국입니다.

리어 나를 속이지 마라.

신사 마마, 안심하십시오. 보시다시피 폐하의 광기는
사라졌습니다. 하지만 지난 일들을
다시 기억하게 하시면 위험합니다.
안으로 들게 하시지요. 폐하의 정신이

좀 더 안정될 때까지 가만히 두십시오.

코딜리어 폐하, 걸어보시겠습니까?

리어 나를 부축해다오. 부탁이니 이제 다 잊고 나를 용서해주렴. 이 애비는 늙고 어리석단다.

(리어와 코딜리어 퇴장)

신사 콘월 공작이 그렇게 살해당했다는 소문이 사실입니까?

켄트 확실합니다.

신사 그의 군사들은 누가 지휘하고 있습니까?

켄트 들리는 말에 따르면 글로스터 백작의 서자랍니다.

신사 그의 추방된 아들 에드가가 켄트 백작과 함께 독일에 있다고 하더군요.

켄트 소문은 바뀌기 마련이죠. 상황을 잘 살펴봐야 할 때입니다. 브리튼 왕국의 군대가 빠르게 진군해오고 있어요.

신사 이 결전에서 많은 피를 보겠군요. 안녕히 계십시오. (퇴장)

켄트 오늘 전투에서 이기든 지든
내 삶의 최종 목표도 끝을 내겠구나. (퇴장)

5막 1장

도버 근처 브리튼 진영. 북과 군기를 들고 에드먼드, 리건, 신사들과 병사들 등장

에드먼드 (신사에게)

공작께서 싸우겠다는 지난번 결심을 그대로 갖고 계신지,

마음을 바꾸셨는지 알아보아라.

마음을 못 잡고 계속해서 자책하는 분이다.

공작이 어떻게 결심했는지 알아 오너라.

(신사퇴장)

리건 언니의 하인에게 분명 무슨 일이 생겼어요.

에드먼드 그런 것 같습니다.

리건 이제 백작께서는

제가 어떤 특권을 드리려 하는지 아셨으니,

진심으로 사실만을 말해주세요.

언니를 사랑하고 있나요?

에드먼드 명예에 걸맞게요.

리건 그래도 형부를 대신해서 잠자리에 든 적은 없겠죠?

에드먼드 그런 생각은 당신 명예만 떨어뜨릴 뿐입니다.

리건 당신과 언니가 선을 넘을 정도로
몸과 마음이 하나가 되었을까 걱정되는군요.

에드먼드 내 명예를 걸고 말하건대, 그런 일 없습니다.

리건 언니를 더 이상 두고 볼 수가 없군요.
사랑하는 백작, 언니와 가까지 지내지 마세요.

에드먼드 걱정하지 마시오 —

(북과 군기를 들고 올버니, 고너릴, 병사들 등장)

언니와 공작이 옵니다.

고너릴 (방백)
동생이 그와 나 사이를 갈라놓게 하느니
차라리 이 전쟁에서 지는 편이 낫겠어.

올버니 사랑하는 처제, 잘 만났소.
백작, 듣자하니 왕께서 딸을 만났고,
폭정에 힘겨워하던 이들도 함께 갔다고 하더군요.
정직할 수 없는 곳에서 용맹을 발휘한 적은 없소.
이번 일의 경우, 프랑스 왕이 우리 영토를
침범했기 때문에 짐이 온 것이지,

국왕과 정당하고 중대한 이유로 우리에게 반기를 든
다른 이들을 지지하기 위해
온 것은 아니란 말이오.

에드먼드 옳은 말씀입니다.

리건 왜 이유를 따지시나요?

고너릴 적을 마주하고 있는데 힘을 합쳐야죠.
내부의 사적인 문제들은
여기에서 다툴 일이 아니에요.

올버니 그러면 경험 많은 장교들과 더불어 진군을 결정합시다.

에드먼드 곧장 공작님의 막사로 가겠습니다. (퇴장)

리건 언니, 우리와 함께 갈 거지?

고너릴 아니.

리건 함께 가는 것이 가장 좋겠어. 그러니 같이 가자.

고너릴 아하, 무슨 뜻인지 알겠네. 그래, 같이 가자.

(리건, 고너릴, 병사들 퇴장)

(올버니가 퇴장하려 할 때, 농부의 옷을 입은 에드가 등장)

에드가 공작께서 불쌍한 이 자와 한 말씀 나눠주신다면,
제 말을 한마디만 들어주십시오.

올버니 (병사들에게) 곧 뒤따라가겠다.
(에드가에게) 말해보라.

에드가 전쟁을 하시기 전에 이 편지를 열어보십시오.

승리하시거든 나발을 불어 이 편지를 전달한
사람을 찾아 주십시오.
제가 초라해 보이긴 해도, 그 편지 내용을
증명할 수호 기사를 데려 올 수 있습니다.
패하신다면 공작님께서 이 세상에서 하실 일도
다 끝나고 음모 또한 끝나겠지요. 행운을 빕니다.

올버니 편지를 다 읽을 때까지 기다려라.

에드가 그럴 수 없습니다.
때가 되었을 때 전령을 시켜 소리쳐 찾게 하시면
다시 나타나겠습니다. (퇴장)

올버니 그렇다면 잘 가거라. 편지를 잘 읽어보겠다.

(에드먼드 다시 등장)

에드먼드 적이 보입니다. 전투대형으로 군사를 배치하시죠.
(쪽지를 준다) 여기 부지런한 정찰병들이 알아낸
적군의 규모와 세력에 대한 대강의 정보입니다.
이제 서두르셔야겠습니다.

올버니 때에 맞춰 준비하겠소. (퇴장)

에드먼드 두 자매 모두에게 사랑을 약속했는데,
독사에 물린 사람들이 독사를 보듯
서로를 의심하고 있구나. 누구를 택할까?
둘 다? 하나만? 아니면 아무도 선택하지 말까?

둘 다 살아 있으면, 어느 쪽도 즐길 수 없지.
과부를 택하면 언니 고너릴이 미치도록 화내겠지.
게다가 남편이 살아 있으니 고너릴이 내게 약속한
보상을 받기가 힘들 것이고 말이야.
그렇다면 이번 전쟁을 위해 그의 권위를 이용하고
전쟁이 끝나면 남편을 없애려고 하는 그녀가
빠르게 그를 제거할 방법을 찾게 하자.
공작이 리어와 코딜리어를 사면해주려 하지만,
전쟁이 끝난 후 그들이 내 포로가 된다면
공작의 사면을 받을 일은 없을 것이다.
내 처지는 말이 아닌 행동으로 지켜내야 해.

(퇴장)

5막 2장

두 진영 사이에 있는 들판. 무대 안쪽에서 나팔 소리. 북과 군기를 들고 리어와 코딜리어 등장. 무대 위를 가로질러 퇴장

(농부 옷을 입은 에드가와 글로스터 등장)

에드가 아버지, 여기 나무 그늘 아래에서 쉬세요.
정의가 이기도록 기도해주시고요.
제가 다시 돌아오면
위안을 가져다 드리겠습니다.

글로스터 은총이 함께 하시길. (에드가 퇴장)

(안에서 나팔소리와 퇴각하는 소리. 에드가 등장)

에드가 도망치세요, 노인장. 제 손을 잡고, 어서요!
리어 왕이 패해서 딸과 함께 붙잡혔습니다.
제 손을 잡으세요, 어서요!

글로스터 이제 그만. 여기서 이대로 썩어 죽겠소.

에드가 아니, 다시 그런 생각을 하십니까? 사람이라면
세상에 올 때처럼 떠나는 것도 견뎌야만 합니다.
준비만이 우리가 할 수 있는 모든 것. 자, 가시죠.

글로스터 그래, 그 말도 맞는군. (퇴장)

5막 3장

도버 근처의 브리튼 진영. 승리한 에드먼드가 리어와 코딜리어를 포로로 잡은 채 북과 군기를 들고 등장. 장교 한 명과 병사들도 함께 등장

에드먼드 장교 몇 명이 저들을 데리고 가거라.
이들을 심판할 높은 분들의 뜻을 알 때까지
잘 지켜라.

코딜리어 좋은 의도를 갖고도 최악의 심판을
받은 이가 우리가 처음은 아닐 것이에요.
학대받은 왕이시어, 폐하 생각에 마음이 아픕니다.
저 혼자라면 잘못된 운명의 장난도 이겨내겠건만.
폐하의 딸인 저의 언니들을 볼 수 있을까요?

리어 아니, 아니다, 아니야, 그게 아니야.
자, 감옥으로 가자꾸나.

그곳에서 새장에 갇힌 새처럼 우리끼리
노래하자꾸나. 네가 내게 축복해달라고 하면
나는 무릎 꿇고 네게 용서를 구하마.
그렇게 우리는 살아가며, 기도하고, 노래하고,
옛 이야기를 하며, 금색 나비를 보고 웃으며,
불쌍한 떠돌이들이 전하는 궁전 소식을 듣겠지.
그들과 이야기할거야. 누가 이기고 누가 졌는지,
누가 궁에 들어오고 누가 쫓겨났는지를.
그리고 마치 우리가 신의 첩자라도 되는 것처럼
세상사의 숨겨진 일들을 다 알고 있다고 하자.
우리는 오래 살 것이야, 담으로 둘러싸인 이곳
감옥에서. 밀물과 썰물처럼 오가는 높은 양반들의
파당과 무리들보다 말이야.

에드먼드 (병사들에게) 저들을 데리고 가라.

리어 나의 코딜리어야, 이런 제물에는
신들도 향을 뿌린단다.
내 곁에 있어라. (코딜리어를 안는다)
우리를 갈라놓으려는 자는 하늘에서
불 막대기를 가져와 여우를 몰아내듯
불과 연기를 지펴야 할 것이다. 눈물을 닦아라.

오랜 세월 지나면[1] 우리를 다시
울게 만들기 전에 저놈들이 먼저 사라질 것이야.
저것들이 먼저 굶어죽는 꼴을
보게 될 것이니까. 자, 가자꾸나.

(호위병에 이끌려 리어와 코딜리어 퇴장)

에드먼드 대위, 이리 와서 잘 듣게.
이 쪽지를 받게나. 저들을 따라서 감옥으로 가게.
자네를 한 계급 승진시켰지. 거기 적힌 대로 하면
더 높은 자리까지 오를 것이야. 잘 알아두게.
사람은 시기를 잘 타야하고, 마음이 무르면
군인 노릇을 못해. 자네가 해야 할 막중한 임무는
따질 성질의 것이 아니니, 하겠다고 말하거나
아니면 다른 살 방법을 찾아보게.

장교 하겠습니다, 백작님.

에드먼드 바로 착수하고, 일을 마치면 행운이라고 여기게.
내 말을 잘 듣게. 지금 바로 처리하게.
내가 거기 적어 놓은 대로 말이야.

장교 수레나 끌면서 마른 귀리나 먹을 수는 없지요.
사람의 일이라면 하겠습니다. (퇴장)

---

1) "코딜리어와 함께라면 아무리 오랜 세월이 흘러도 괜찮다"는 리어의 생각을 담고 있다. 그러나 원문의 "good years"를 '악령'이란 의미의 "goodyear"로 해석할 수도 있다.

(나팔소리. 올버니, 고너릴, 리건, 병사들과 나팔수 등장)

올버니 백작, 오늘 그대는 용맹스러웠고 운도 좋았네.
오늘 전투에서 경이 적들을 포로로 잡았다지.
그들을 내게 넘기게. 그들의 처지에 맞고
짐의 안전에 도움이 되는 방향으로
처리하겠네.

에드먼드 공작님, 늙고 비참한 왕을 가두고
감시병을 붙여 두는 것이 합당할 것 같습니다.
그의 나이와 국왕이라는 직책이 갖고 있는
마력 때문에 백성들의 마음이
그에게로 쏠릴 수 있으며, 징집된 병사들이
우리에게로 창끝을 돌릴 수도 있습니다.
왕과 함께 프랑스 왕비도 보냈습니다.
같은 이유 때문입니다. 내일 아니면 훨씬 더 후에
공작님께서 여실 재판장에 그들을 보내겠습니다.
지금 당장은 다들 땀과 피를 흘렸고,
친구를 잃어서, 전쟁의 고통으로 흥분한 사람들이
그들이 전쟁을 일으킨 명분을 저주하고 있습니다.
그러니 코딜리어와 그 아버지 문제는
더 적합한 곳에서 다루시는 것이 좋겠습니다.

올버니 백작, 이런 말해서 미안하지만,

나는 자네를 이 전쟁에 참여한 신하로 보고 있네.
동등한 위치가 아니란 말이야.

리건 그의 지위를 높이는 것이
제가 바라는 바입니다. 그렇게 말씀하시기 전에
제 생각부터 물어보셨어야죠.
백작이 내 군대를 지휘했고 내 지위도 위임받아
나를 대신했으니 동등자로서 자격이 있고
그렇게 부를 수도 있습니다.

고너릴 그렇게 열 내지 마!
네가 부여한 직책이 아니더라도
백작은 자신의 미덕만으로도 뛰어난 분이야.

리건 내가 부여한 권한 안에서
백작이 최고의 인물과 동등해진거야.

올버니 그가 처제의 남편이 된다면 가장 좋은 일이겠군.

리건 재담꾼들이 종종 예언자가 된다니까요.

고너릴 이런, 이런!
그런 말을 하다니 네 눈이 삐었구나.

리건 이보세요, 공작부인, 지금 아프지만 않았다면,
분노로 가득 찬 대답을 했을 것입니다.
(에드먼드에게) 장군, 내 병사들과 포로들,
유산 까지 다 가져가세요. 그것들과 나를

마음대로 처분하세요, 이 성벽은 당신 것이니.[2]
세상 사람들 보는 앞에서 그대를
내 주인이자 남편으로 삼겠어요.

고너릴 그러면 그를 데리고 살겠다고?

올버니 당신이 관여할 일이 아니오.

에드먼드 공작도 마찬가지입니다.

올버니 그건 아니지, 서자 양반.

리건 (에드먼드에게) 북을 울려서 내 직책이 그대 것임을 알려요.

올버니 잠시 기다려라. 이유를 공표할 것이니.
에드먼드, 그대를 대역죄로 체포하고,
공모자인 이 금박 입힌 뱀의 지위를
박탈한다. (고너릴을 가리킨다)
(리건에게) 처제의 결혼에 대해서는
내 아내의 이권이 걸린 문제이므로 금지하오.
그녀도 백작과 이중계약을 맺고 있으니
그녀의 남편으로서 나는 처제의 결혼 공표를
반대하오. 결혼을 해야겠다면, 나와 해야겠지.
내 부인이 에드먼드와 약혼했으니 말이오.

고너릴 어처구니가 없군!

---

2) 리건은 자신을 함락된 성에 비유하며 모든 것을 에드먼드에게 넘겨주고 있다.

올버니 무장을 하고 있군, 글로스터. 나팔을 울려라.
그대가 끔직하고 명백한 대역죄인임을 증명할
사람이 나타나지 않는다면, 내가 도전하여
증명하겠다. (장갑을 땅에 던진다)
내 입에 다시 음식을
대기 전까지, 지금 내가 천명하는 대로 그대가
대역죄인일 뿐이라는 사실을 그대 가슴에
증명해보이겠다.

리건 아, 아프다, 아파!

고너릴 (방백) 안 아프면 독약을 믿을 수 없겠지.

에드먼드 도전에 응하겠소. (자신의 장갑을 던진다)
나를 반역자라 부르는 자는
모두 다 사악한 거짓말쟁이요.
나팔소리로 불러오시오. 감히 다가온다면
그자이건, 공작이건, 그 누구에게라도
내 진실과 명예를 굳건히 지키겠소.

올버니 여봐라, 전령은 어디 있느냐!

(전령 등장)

(에드먼드에게) 그대 자신만의 힘에 의지하라.
내 이름으로 소집된 그대의 병사들은 내 명령으로
모두 해산시켰으니.

리건 통증이 점점 더 심해져요.

올버니 몸이 안 좋은가보군. 처제를 내 막사로 옮겨라.

(병사들에게 부축을 받으며 리건 퇴장)

전령은 이리 오라. 나팔을 울리고
이것을 읽어라. (나팔 소리)

전령 (읽는다) "도열한 군대 안에 있는 지위와 신분이 높은 자 중에서 글로스터 백작이라 자칭하는 에드먼드가 여러 가지 이유로 대역 죄인임을 주장할 자 있으면, 세 번째 나팔 소리가 울릴 때 모습을 드러내시오. 용감히 자신을 지킬 자 이리라."

(첫 번째 나팔소리)

다시! (두 번째 나팔소리)
다시! (세 번째 나팔소리)
(안에서 답하는 나팔 소리 들린다)

(무장한 에드가 등장)

올버니 저자에게 왜 나팔 소리를 듣고 나타났는지
의중을 물어보라.

전령 신분을 밝히시오.
이름과 계급은 무엇이며, 왜 이 나팔 소리에
답을 했는지 말하시오.

에드가 배반의 이빨에 뼈가 드러나도록
뜯기고 해충에 갉아먹혀 이름을 잃었소.

하지만 내가 상대할 자만큼
지체는 높습니다.

올버니 그대가 상대할 자는 누구인가?

에드가 글로스터 백작 에드먼드를 대변하는 자 누구냐?

에드먼드 나다. 내게 할 말이 있는가?

에드가 칼을 빼라.
내 말이 고상한 네 인품을 모욕했다면,
네 검으로 너의 의로움을 증명할 수 있으리라.
여기 내 검이 있다. (자신의 칼을 뺀다)
봐라. 네게 칼을 겨누는 것이 기사로서 서약한
내 명예에 걸맞은 특권이다. 너의 힘과 젊음,
높이진 지위와 뛰어남에도 불구하고,
너의 승리의 칼과 이번 전투에서 새로 거둔
승리의 행운, 너의 용맹과 용기에도 불구하고,
나는 너를 반역자라 단언하겠다.
너는 신들과, 형제와, 아버지를 배신했고,
이 훌륭한 군주의 살해음모에 가담했으니,
머리 꼭대기부터 발아래 먼지까지
두꺼비처럼 흉악한 배반자이다.
아니라고 말해봐라. 나의 검과 팔과 용기가
네 가슴에 증명할 것이다,

너의 거짓을.

에드먼드 네 이름을 묻는 것이 바람직하겠지만,
너의 겉모습이 빼어나고 용맹스러워 보이고
네 말투가 네 신분을 드러나게 해주니
기사도의 법도에 따라 안전하고 견실하게
결투를 미루는 행위는 기꺼이 거부하겠다.
내게 씌운 반역죄를 네 머리에 되던지고,
지옥만큼 혐오하는 너의 거짓말로
네 심장을 채우겠다. 너의 누명은 내게 찰과상만
주었지만, 내 칼은 곧바로 네 심장에 구멍을 내어
네 거짓말이 영원토록 그곳에 거하게 하리라.
나팔들을 울려라.
(나팔소리. 둘이 싸우다 에드먼드 쓰러진다)

올버니 (에드가에게) 죽이지 마시오! 살려두란 말이오!

고너릴 이건 계략이에요, 글로스터 백작.
전쟁 규칙에 따르면 당신이 알지 못하는 적을
상대할 의무가 없어요. 당신은 진 것이 아니라
속아 넘어간 것이에요.

올버니 닥치시오, 부인.
안 그러면 이 편지로 입을 막아버리겠소.
(에드먼드에게) 다 끝났다.

그 누구보다도 더 악한 자여, 그대의 악행을
읽어보아라.
(고너릴에게) 그만, 찢지 마시오, 부인. 편지 내용을 알고 있는 것
같군.

고너릴 내가 알고 있다 한들, 법은 당신 편이 아니라
내 편이야. 누가 감히 이 일로 나를
기소할 수 있겠어? (퇴장)

올버니 정말 끔찍하군! 아!
(에드먼드에게) 이 편지를 아는가?

에드먼드 내가 아는 것을 묻지 마시오.

올버니 (고너릴을 따라가는 장교에게)
따라가라. 극단적인 행동을 할 수 있으니 잘 단속하고.
(장교 퇴장)

에드먼드 그대가 내게 비난한 일들을 내가 했고,
그보다 더한 일들도 했소. 시간이 지나면
알게 되겠지. 다 지난 일이고 나도 그렇지만.
(에드가에게) 그런데 내게 이런 불운을 가져온
너는 누구냐? 귀족이라면 널 용서하겠다.

에드가 그렇다면 나도 널 용서하지.
에드먼드, 나는 너 못지않은 혈통의 사람이다.
더 낫기에, 네가 내게 더 해를 끼쳤지.

내 이름은 에드가이며 네 아버지의 아들이다.
신들은 정의로워서 우리가 즐기는 악행을
도구삼아 우리에게 천벌을 내리지.
아버지가 너를 낳은 어둡고 사악한 그곳이
그의 두 눈을 앗아갔구나.

에드먼드 맞는 말입니다. 사실이에요.
운명의 수레바퀴가 한 바퀴 돌아 내가 이곳에 있군요.

올버니 (에드가에게)
그대의 몸가짐을 보며 귀한 신분의 사람임을
예상했네. 자네를 안아줘야겠군.
내가 자네나 자네 부친을 미워한 적이 있다면
슬픔으로 내 가슴이 찢어져도 좋겠네.

에드가 훌륭하신 군주님, 알고 있습니다.

올버니 어디에 숨어 있었는가?
자네 부친이 당한 처참한 일들은 어찌 알았고?

에드가 돌봐드리며 알게 됐지요. 간단히 말씀드릴 테니,
들어 보십시오. 아, 가슴이 터질 것만 같습니다!
턱밑까지 닥친 저의 처형 명령을 피하기 위해 —
아, 삶의 달콤함이여, 단번에 죽기보다는 매 시간
고통 속에 죽어가는 우리의 모습이여! —
미친 사람의 넝마로 갈아입고, 멸시받는 개처럼

살았죠. 그런 옷차림으로 두 눈을 잃고 피 흘리는
아버지를 만나 길잡이 되어 인도하고 구걸하며,
절망감에 자살하지 않도록 구해드렸습니다.
아, 이 못난 놈!
이런 좋은 결과를 기대했지만 확실하지 않았기에,
몇 시간 전 무장을 갖추기까지
저는 단 한 번도 아버지께 저를 드러내지 않았죠,
아버지께 축복을 빌면서 처음부터 끝까지 함께한
여정을 말씀드렸습니다.
그러나 아버지의 찢어진 가슴은,
아! 한꺼번에 밀려온 극한의 기쁨과 슬픔을
견디지 못해서 미소와 함께 터져버렸습니다.

에드먼드 형님의 말에 감동이 되니
어쩌면 좋은 일을 할 수도 있겠군요.
하지만 계속 하세요, 더 할 말이 있는 것 같으니.

올버니 더 비통한 이야기라면, 하지 말게.
이야기를 듣게 되면
눈물이 터질 것 같으니.

에드가 슬픔을 사랑하지 않는 자에게는
이 이야기가 슬픈 이야기의 극한처럼 보이겠죠.

하지만 더 자세히 말할 다른 슬픈 이야기[3]는
훨씬 더한 극도의 슬픔을 줄 것입니다.
제가 울부짖고 있을 때, 한 사람이 왔는데
최악의 제 상태를 보고는 처참한 그 곁을
피하려했죠. 하지만 그런 처참함을 견디는 자가
누구인지를 알고는 강한 두 팔로 제 목을 감싸고
하늘이 터지도록 통곡하며 아버지의 시신에
몸을 던졌습니다. 그러고 나서 가장 비참한
리어와 자신의 이야기를 들려주는데,
말하는 중에 그의 슬픔은 더욱 커지며
심금(心琴)이 끊어지기 시작했습니다.
그 때에 두 번의 나팔소리가 들렸고
혼절한 그를 둔 채 나왔습니다.

올버니 그런데 그가 누구인가?

에드가 켄트, 바로 추방당한 켄트 백작, 그 분입니다.
변장을 한 채 자신의 적이 된 왕을 따랐고
노예에게도 적합지 않은 일을
왕을 위해 했습니다.

(피 묻은 칼을 들고 신사 한 명 등장)

신사 사람 살려! 아, 도와주시오!

---

3) 켄트에 대한 이야기이다.

에드가 무슨 일이오?

올버니 말을 하라.

에드가 이 피 묻은 칼은 어찌 된 일이오?

신사 아직도 온기가 느껴집니다.

심장에서 뽑아 온 것인데, 아, 그녀가 죽었습니다!

올버니 누가 죽었다고? 말을 해보라니까.

신사 폐하의 부인께서. 그리고 동생은

부인께 독살되었습니다. 부인께서 털어놓으셨죠.

에드먼드 두 사람 모두에게 결혼을 약속했는데,

이제 세 사람 모두가 한 순간에 결혼하는군.

에드가 켄트 경이 오는군요.

(켄트 등장)

올버니 죽었든 살았든 시체들을 가져오너라.

(고너릴과 리건의 시체가 무대 위로 옮겨진다)

이러한 하늘의 심판이 짐을 두렵게 만들지만

동정심이 들지는 않는군. — 아, 켄트 경인가?

예를 갖춰 맞이해야 하는데

때가 허락하지 않는군요.

켄트 주인이신 국왕께

안녕히 주무시란 인사를 드리러 왔습니다.

여기 안 계신가요?

올버니 중요한 일을 잊고 있었구나!
에드먼드, 국왕은 어디 계신가? 코딜리어는?
켄트 경, 이 광경이 보이시오?

켄트 아니, 어떻게 이런 일이?

에드먼드 그래도 에드먼드가 사랑을 받긴 했군요.
한쪽이 나를 얻고자 다른 이를 독살했으니,
곧바로 그녀도 자살했지만 말입니다.

올버니 그건 그렇군. 시체의 얼굴을 덮어라.

에드먼드 숨이 차오르는군. 천성엔 안 맞지만, 좋은 일이나
해야겠습니다. 서둘러 사람을 보내세요 —
지금 즉시 — 성으로 보내세요.
리어와 코딜리어를 살해하라는 명령서를
보냈으니까요. 늦지 않게 서둘러 보내세요.

올버니 달려가라, 어서! 아, 서둘러!

에드가 누구에게로 말입니까, 공작님? 누가 책임자죠?
(에드먼드에게) 네 철회 명령을 보내라.

에드먼드 잘 생각하셨습니다. 제 칼을 가져가서
대위에게 주세요.

에드가 (신사에게) 자네 목숨이 달린 일처럼 서두르시오.

(신사 퇴장)

에드먼드 그는 공작님의 부인과 저로부터

감옥에 있는 코딜리어를 목 졸라 죽이고
그녀가 절망해서 스스로에게 금지된 일을
했다고 둘러대도록 명령 받았습니다.

올버니 신들이 그녀를 지켜주시길. 저자를 잠시 이곳에서 데려가라 (에드먼드 끌려 나간다)

(죽은 코딜리어를 안고 리어 등장. 신사가 뒤따른다)

리어 울어라, 울어라, 울어, 울부짖어라!
아, 돌덩이 같은 인간들아, 내가 너희들의
혀와 눈을 가졌다면 내 통곡소리에 하늘 천장도
깨졌을 것이야. 그 애가 영원히 가버렸구나.
사람이 살아 있을 때와 죽어 있을 때를
구별할 수 있건만, 이 아이는 흙처럼 죽었구나.
(코딜리어를 내려놓는다)
내게 거울을 다오.
그 애의 입김이 표면에 김을 서리게 한다면,
그래, 아직 살아 있는 것이야.

켄트 이것이 폐하께서 바라시던 결말이란 말인가![4]

에드가 아니면 그 무시무시한 때의 모습인가!

올버니 하늘이시어, 무너져 모든 것을 끝내소서.

---

4) 켄트는 리어가 1막 1장에서 바랐던 일, 즉 "홀가분하게 죽음을 향해" 나아가고자 했던 바람을 다시 떠올리며 한탄하고 있고, 에드가는 이 상황을 최후의 심판과도 같은 상태로 받아들이고 있다.

리어 이 깃털이 움직이고 있으니 아직 살아 있는 거야.
그렇다면, 내가 겪은 모든 슬픔을
다 보상받을 기회야.

켄트 아, 나의 선한 주인이시여!

리어 제발, 저리가!

에드가 그는 폐하가 아끼시던 켄트 경입니다.

리어 너희 살인자들, 반역자들, 모두가 천벌을
받을 것이야. 내가 그 애를 살릴 수 있었는데,
이젠 영원히 가버렸어.
코딜리어, 코딜리어, 잠시라도 여기 있으려무나.
어? 뭐라 했느냐?
그 애의 목소리는 언제나 부드럽고, 온화하고,
차분했어. 여자에겐 최고의 미덕이었지.
너를 목매달려 한 놈은 내가 죽였단다.

신사 왕의 말씀이 사실입니다.

리어 여봐라, 내가 그랬지?
내가 한창때였다면 날카로운 반월도로
그놈들을 도망치게 만들었겠지만, 이젠 늙고
고통 받아서 그렇게 할 수가 없었다.
(켄트에게) 그대는 누구인가?
눈이 침침하지 않았다면 바로 알아볼 텐데.

켄트 운명의 여신이 사랑한 자와 증오한 자를 갖고
자랑한다면, 우리는 지금 그중 한 명을
보고 있습니다.

리어 희미하게 보이는군. 자네 켄트 아닌가?

켄트 맞습니다.
폐하의 종 켄트입니다. 폐하의 종 카이어스[5]는
어디 있습니까?

리어 그는 좋은 사람이었지. 내 분명히 말할 수 있어.
칼도 재빠르게 잘 쓸 텐데. 그런데 죽어서 썩었어.

켄트 아닙니다, 폐하. 제가 바로 —

리어 조금 있다가 알아보겠네.

켄트 폐하의 운이 바뀌어 기울어지기 시작할 때부터
폐하의 슬픈 발걸음을 따라 다녔습니다.

리어 이곳에 잘 왔네.

켄트 제가 바로 그자입니다만, 이곳은 누구도
환영받을 수 없는 곳이군요.[6]
모두가 침울하고, 어둡고, 끔찍합니다.
폐하의 큰 딸들은 절망하여 스스로를
죽이고 말았습니다.

---

5) 변장한 켄트의 이름이다.
6) "Nor no man else." 켄트의 이전 대사를 마무리하는 말이자 동시에 리어의 환영인사에 대한 답이기도 하다.

리어 맞소. 나도 그리 생각하오.

올버니 무슨 말씀을 하고 계신지 모르니, 폐하께
인사를 드려도 소용없겠군요.

(전령 등장)

에드가 부질없겠죠.

전령 (올버니에게) 공작님, 에드먼드가 죽었습니다.

올버니 지금 여기서 그런 건 별일도 아니다.
여러 경들과 소중한 친구들이여,
과인의 뜻은 이렇소. 과인은 몰락한 국왕을
위로하기 위해 모든 것을 다 하겠소.
연로하신 폐하께서 살아 계신 동안
폐하께 절대왕권을 드릴까하오.
(에드가와 켄트에게) 두 분께는
원래 직분을 회복시켜드리고, 다른 보상과 더불어
여러분의 공적에 미치지는 못하더라도
그에 맞는 예우를 더해드리겠소. 모든 친구들은
선행의 대가를 맛볼 것이며 모든 적들은
저지른 일의 대가를 맛볼 것이오.
오, 저기를 보시오! 어서!

리어 내 불쌍한 바보가 죽었다. 죽었어, 죽었다고!
개도, 말도, 쥐도 살아 있는데

어찌하여 너는 숨을 쉬지 않느냐?
아, 너는 다시 살 수 없겠지,
절대로, 절대로, 절대로, 절대로, 절대로!
(에드가에게) 이 단추를 풀어 주시오. 고맙소.
보입니까? 그 애를 보시오. 봐요, 그 애의 입술을.
저길 봐요, 저길 봐! (죽는다)

에드가 혼절하셨습니다. 폐하, 폐하!

켄트 가슴아, 터져라, 제발.

에드가 저 좀 보소서, 폐하.

켄트 가시는 영혼을 괴롭히지 말고 보내 드리게나.
이 험한 세상이란 형틀에 폐하를 조금이라도 더
묶어두는 자를 증오하실 테니까.

에드가 아, 정말 가셨군요.

켄트 그토록 오래 견디셨다는 것이 놀라운 일이지.
그저 허락된 삶보다 조금 더 사신 셈이야.

올버니 시신들을 치워라. 지금 우리가 해야 할 일은
슬퍼하는 것이다. (에드가와 켄트에게) 내 영혼의
친구들인 그대 둘이서 이 왕국을 다스려서
상처 입은 이 나라를 지켜주시오.

켄트 저는 곧 길을 떠나야 합니다.
주인께서 부르시니 따를 수밖에요.

에드가 이 슬픔의 무게에 따라 행동해야겠지요.
느끼는 바를 말할 뿐,
말해야만 하는 것을 말해서는 안 됩니다.
원로들이 가장 많은 무게를 감당하셨죠.
젊은 우리는 결코 그분들만큼 겪지 못할 것이고
그만큼 오래 살 수도 없을 것입니다.

(장송곡이 울리면서 퇴장)

작품해설

기록에 의하면 『리어왕』은 1605년 겨울에 당시 영국의 왕이었던 제임스 1세의 왕궁에서 공연되었다. 따라서 많은 학자들은 이 작품이 처음 집필되어 공연된 시기를 1604년에서 1605년 사이로 보고 있다. 『리어왕』 직전에 『오셀로』(1063-04)가, 그리고 뒤이어 『맥베스』(1606)가 공연되었으므로, 이 작품은 1600년쯤에 집필됐을 것으로 여겨지는 『햄릿』을 시작으로 한 셰익스피어 4대 비극의 한 축을 이루고 있다.

엘리자베스 1세의 뒤를 이어 영국의 국왕으로 즉위한 제임스 1세는 이미 스코틀랜드의 국왕이었다. 따라서 제임스는 즉위 초부터 스코틀랜드와 영국을 하나의 국가로 통합하려는 일련의 노력을 했는데, 이러한 정책이 불러온 우려와 긴장감은 리어의 왕국분할 계획을 통해 이 작품에 잘 반영되어 있다. 리어의 노후 계획은 본래 의도와는 상관없이 왕국의 혼란만을 가져왔으며, 리어 자신과 가족 모두의 몰락으로 이어졌기 때문이다. 과연 왕국의 영토를 분할하는 것이 옳은 것인가, 아니면 이제까지 서로 다른 길을 걸어 온 두 왕국을 하나로 합치는 것이 옳은 길인가에 대한 문제는 셰익스피어를 포함한 당시 사람들에게 주어진 커다란 논제였다.

이 작품이 처음 공연 되었을 때, 많은 관객들은 예상하지 못한 결말에 적지 않게 놀랐을 것이다. 나중에 좀 더 자세히 다루겠지만, 우선 작품이 공연되기 얼마 전에 있었던 브라이언 앤슬리(Sir Brian Annesley)라는 이름의 노신사와 그의 세 딸들 사이의 소송 사건이 이 작품의 내용과 매우 유사했기 때문이다. 더불어 재미있는 사실은 단순히 이 사건의 전체 구도가 리어왕의 이야기와 유사할 뿐만 아니라 선한 막내딸의 이름이 공교롭게도 리어의 막내딸 이름과 매우 비슷한 코델(Cordell)이었다는 점이다. 다음으로 당시에 셰익스피어가 참고했을 것으로 여겨지는 자료들에 담긴 내용이나 세간에 전해져 내려온 리어의 이야기와는 다른 결말이 무대 위에 펼쳐졌기 때문이다. 고대 브리튼 왕국의 전설적인 왕 리어는 나쁜 딸들과 그들의 남편에 의해 왕의 지위를 잃지만, 착한 딸과 그녀의 남편인 프랑스 왕의 도움으로 권력을 되찾은 후 나이가 들어 죽고, 왕위는 코딜리어가 잇는 것으로 알려져 있었다. 그러나 셰익스피어는 코딜리어의 죽음과 그로 인해 비통해하며 숨지는 리어의 모습을 극의 마지막 부분에 그려내어 기존의 이야기를 비극으로 재창조한 것이다. 행복한 결말을 기대했던 관객들뿐만 아니라 심지어 비평가들조차도 그 후로 오랫동안 이 작품의 전혀 다른 결말에 적지 않은 마음의 부담을 느꼈다고 한다.

셰익스피어 시대의 군왕과 가부장들은 국가 및 가정 내에서 절대 권력자이며 동시에 조건 없는 사랑의 대상으로서 여겨지길 원했으나, 이들의 기대와는 다른 현실적 상황에 대한 불안감 또한 늘 함께 하고 있었다. 당시 사람들은 군왕과 가부장에 대한 외적인 존경의 표시에 익숙했다. 무릎을 꿇거나 허리를 숙이거나 모자를 벗어 인사하는 등의 행위들이 이에 해당한다. 또한 제임스 국왕 시대의 영국인들은 연장자들의 권한과 특권을 존중하고 인정했다. 이는 신의 뜻이며 동시에 자연계의 질서로 여겼기 때문이다. 따라서 노년층, 특히 리어와 같은 노인에 대한 존중과 존경은 당연한 것이었다. 그러나 재산과 권력을 적절하게 통제하지 못하고 필요에 따라서는 가할 수도 있는 처벌조치 같은 억제수단이 없다면, 무분별하고 불만족스러운 젊은 세대의 야심 앞에서 노인의 권위와 권한은 한없이 약해질 수밖에 없다는 현실적 불안감 또한 상존하고 있었다. 이러한 면에서 볼 때, 셰익스피어는 『리어왕』에서 일련의 파괴적이고 잔인한 리어가문의 몰락 과정을 통해 리어의 절대성 추구 이면에 숨겨진 불안감을 여실히 보여줬다고 할 수 있으며, 딸들이 자신을 얼마나 사랑하는지에 대해 서로 경쟁하게 했던 리어의 의도는 절대 권력자이자 노년의 가부장이 느꼈던 당시의 불안감을 반영하는 상징적인 행위라고 할 수 있다.

젊은 세대와 노년층 사이에 존경과 갈등이 상존하고 있었지만 이를 극복할 방법이 없지는 않았다. 군왕과 가부장에 대한 존경의 표시는 그들의 노화가 진행되면서 점점 더 형식적으로 변질될 가능성이 높아지지만, 적절한 시기에 다음 세대로 권력과 권한을 넘겨주는 방법을 통해 그러한 긴장감을 해소할 수 있었다. 문제는 승계대상인 아들이 항상 존재하지 않을 수 있다는 점이다. 앞에서 언급한 것처럼, 실제로 이 작품이 공연

되기 얼마 전인 1603년에 영국에서 이와 관련된 법률다툼이 있었다. 브라이언 앤슬리의 두 딸들이 아버지의 치매증상을 문제 삼아 재산을 가로채려 했으나 막내딸이 이를 저지한 사건이다. 이 일화는 상속 우선순위자인 아들이 없는 경우 생길 수 있는 세대 간 갈등의 한 예라고 할 수 있다.

앤슬리의 경우와 달리 적법하게 재산과 권력을 승계 받을 수 있는 아들이 존재한다 해도 상속과 관련된 문제가 사라지진 않았다. 적자와 서자, 혹은 첫째 아들과 둘째 아들 사이의 차별 문제가 그것이다. 작품 속에서 글로스터 가문의 두 아들인 에드가와 에드먼드의 갈등은 앤슬리 가문의 소송건과는 결을 달리 하는 승계에 얽힌 문제들을 보여주고 있다. 우리에게 매우 익숙한 이야기, 즉 『홍길동전』에 담긴 적자와 서자의 갈등을 연상시키는 에드먼드의 처지와 이에 대한 불만은 『오셀로』의 이아고(Iago)를 연상시키는 악인을 탄생시켰다. 비록 홍길동과는 다른 성품의 에드먼드이지만, 이 두 인물이 처한 상황이 유사하다는 점에 주목하여 역자는 작품 초기에 에드먼드가 아버지인 글로스터를 "아버지"가 아닌 "백작님"으로 부른 것으로 번역하였다.

글로스터 가문의 갈등은 여러 면에서 리어 왕가의 몰락과 맥을 같이 하고 있는데, 이는 결코 우연이 아닌 셰익스피어의 정교한 극적 장치이고 기법이었다. 셰익스피어는 이중구조(double plot) 기법을 사용해 『리어왕』이 그려내는 감동과 공감의 폭을 넓혔는데, 앞에서 언급한 것처럼 우선 리어 가문과 글로스터 가문의 갈등을 나란히 배치하여 그 효과를 극대

화 했으며, 다음으로 리어의 심리적이고 내면적인 고통이 글로스터가 겪는 신체적 고통으로 보다 구체화되고 있다.

리어와 글로스터는 은퇴를 앞둔 고령의 가부장을 대표하는 인물들이다. 그리고 이들의 상속 계획은 자식들에 대한 잘못된 판단으로 인해 망가지고, 이렇게 어긋난 계획은 크게는 왕국 전체의 파멸로, 작게는 한 집안의 몰락으로까지 이어질 수 있는 위태로운 상황을 자아냈다. 그 결과로 리어가 겪는 심적 고통의 폭은 폭풍우와 대적하는 리어의 울분과 그 이후의 광기만으로는 가늠하기 힘들 것이다. 때문에 이러한 고통의 원인인 리어의 맹목적 판단 착오는 글로스터가 실제로 눈이 뽑히는 참담한 고통을 겪는 장면을 통해 관객들에게 보다 구체적이고 체험적인 고통으로 전해지고 있다. 눈이 있으나 못 보는 리어의 모습은 실제로 눈을 잃은 글로스터의 모습으로 무대 위에 서 있는 것이며, 뒤늦은 깨달음 속에 죽어가는 글로스터에 대한 이야기는 리어의 최후에 대한 예고라고 할 수 있다.

리어의 고통과 광기는 역설적으로 그에게 새로운 깨달음의 과정으로 작용한다. 예상하지 못한 노년의 고난을 통해 주변사람들, 특히 에드가가 분장한 거지 톰을 보면서 자기중심적 관점에서 벗어나 주변을 돌아보는 새로운 지혜를 뒤늦게나마 깨닫는 과정인 것이다. 얼마든지 위조가 가능한 편지를 보고도 쉽게 속는 글로스터의 모습은 리어의 맹목적 판단착오를 그대로 닮아가고 있다. 그리고 실제로 눈이 뽑히고 추방당하는 신체적 고통을 통해 자신의 어리석음을 깨닫지만, 역시 거지 톰으로 분장한 아들 에드가를 통해 삶을 이어가고 고통을 감내해야만 하는 이유를 배워가는 글로스터의 모습은 리어가 겪는 노년의 새로운 깨달음과 그 맥을 같이 하고 있다. 이러한 면에서 볼 때, 이 작품은 전체적으로 <배움>이라는 주제를 매우 아이러니하게 묘사하고 있다. 세 딸들의 상반된 태도를 통해 깨달음을 얻는 리어와, 전혀 다른 성품의 두 아들들을 통해 자신의 어리석음을 깨닫는 글로스터의 모습은 부모자식 사이의 수직적 가르침의 과정이 전도되어, 오히려 자식세대에게 부모가 배워가는 (그 내용이 잔인하고 파괴적이긴 하지만) 과정이 보여주는 아이러니한 상황을 그려내고 있다. 이는 세대 간의 갈등 문제를 넘어서, 과연 나이 든다는 것이 지혜의 깊이를 더하는 과정을 담보할 수 있는가에 대한 의문을 던지고 있다.

그 어느 때보다 급변하고 있는 한국사회의 모습, 특히 세대 간 갈등과 가치관의 변화가 사회 전반에 걸쳐 끼치는 영향과 효과를 목격하고 있는 지금의 우리 사회 상황에 견주어 볼 때, 400여 년 전 머나먼 땅 영국에서 공연되었던 『리어왕』은 인간의 존재란 무엇인가에 대한 진지한 성찰과 비극적 주인공의 삶을 통한 감정의 정화라는 극적 효과에 더하여 우리에게 또 다른 차원의 생각할 거리를 제시하고 있다. 그렇기에 『리어왕』은 시대와 장소를 초월한 생명력을 지니고 있으며, 오늘 우리가 다시 읽어야할 고전인 것이다.

셰익스피어 연보

1558년 엘리자베스 1세 등극

1564년 존 셰익스피어(John Shakespeare)의 셋째 아이이자 장자로 윌리엄 셰익스피어(William Shakespeare) 출생.

4월 26일에 세례를 받음. 동료 작가 크리스토퍼 말로우(Christopher Marlowe)도 이 해에 출생.

1573년 셰익스피어의 후원자인 사우스햄턴 백작(Earl of Southampton)이 되는 헨리 리즐리(Henry Wriothesley) 출생.

1576년 영국 최초의 공공극장인 씨어터 극장(The Theatre) 건립.

1582년 셰익스피어, 8살 연상인 앤 해서웨이(Anne Hathaway)와 결혼

1563년 장녀 수산나(Susana) 탄생.

1585년 셰익스피어의 쌍둥이인 햄닛(Hamnet)과 주디스(Judith) 출생.

1586년 이때부터 1592년까지 행방이 모연함.

1587년 영국으로 망명와 있던 스코틀랜드의 메리 여왕(Mary Stuart)이 반란혐의로 처형됨.

1588년 드레이크(Sir Francis Drake)가 스페인의 무적함대인 아마다 호(Armada)를 무찌름

1589년 『헨리 6세』(Henry VI)1부 집필.

1590-91년 『헨리 6세』2,3부 집필.

1592년 대학출신 극작가 로버트 그린(Robert Greene)이 A *Groatsworth of Wit bought with a Million of Repentance*라는 팜플렛에서 셰익스피어의 유명세를 비난함.

런던에 흑사병이 창궐. 7월부터 1594년 6월까지 극장 폐쇄. 극단들은 지방 순회공연을 다님. 『리차드 3세』(*Richard III*), 시집『비너스와 아도니스』(*Venus and Adonis*), 『실수 희극』(*The Comedy of Errors*)집필.

1593년 후원자인 사우스햄턴 백작에게 헌정한 『비너스와 아도니스』 출간.

『타이터스 앤드로니커스』(*Titus Andronicus*), 『말괄량이 길들이기』(*The Taming of the Shrew*)집필

1594년 시집 『루크리스의 겁탈』(*The Rape of Lucrece*) 출간. 역시 사우스햄턴 백작에게 헌정함.

『베로나의 두 신사』(*Two Gentlemen of Verona*), 『사랑의 헛수고』(*Lover's Labour's Lost*), 『존 왕』(*King John*) 집필.

여왕의 전의(典醫)인 로페즈(Roderigo Lopez)가 여왕 독살 혐의로 처형됨.

'궁내부장관 극단'(The Chamberlain's Men)창설.

1595년 『리차드 2세』(*Richard II*), 『로미오와 줄리엣』(*Romeo and Juliet*), 『한여름 밤의 꿈』(*A Midsummer Night's Dream*) 집필.

1596년 아버지 존 셰익스피어가 문장을 허락받다 '신사'로 서명할 수 있게 됨.

아들 햄닛의 사망.

『베니스의 상인』(*The Merchant of Venice*), 『헨리 4세』(*Henry IV*) 1부 집필.

1597년 스트랫포드의 대저택 뉴플레이스 매입.
『윈저의 즐거운 아낙네들』(*Merry Wives of Windsor*)집필.
글로브(The Globe) 극장 설립.

1598년 『헨리 4세』2부, 『헛소동』(*Much Ado About Nothing*)집필.

1599년 『헨리 5세』(*Henry V*), 『줄리어스 시저』(*Julius Caesar*), 『좋으실대로』(*As You Like It*)집필.
에섹스 백작(The Earl of Essex)이 아일랜드 평정에 나섰다가 실패 후 여왕의 명에 반하여 귀국했다가 연금됨.
풍자물 출판 금지령 선포.

1600년 『햄릿』(*Hamlet*) 집필.

1601년 1600년에 석방된 에섹스 백작이 쿠데타를 일으킨 전날 밤 요청하여 『리차드 2세』(*Richard II*) 공연.
에섹스 백작이 반란죄로 처형되고 셰익스피어의 후원자인 사우스햄턴 백작도 이 반란에 연루되어 수감됨.
『십이야』(*Twelfth Night*), 『트로일러스와 크레시다』(*Troilus and Cressida*) 집필.

1602년 『끝이 좋으면 다 좋아』(*All's Well That Ends Well*)집필

1603년 엘리자베스 여왕 사망. 스코틀랜드의 제임스6세(James VI)가 제임스 1세(James I)로 등극하여 스튜어트(Stuart) 왕조 시작. '궁내부대신 극단'이 '왕의 극단'(King's Men)이 됨.

1604년 『자에는 자로』(*Measure for Measure*), 『오셀로』(*Othello*) 집필.

1605년 『리어 왕』(*King Lear*) 집필

제임스 1세의 종교 탄압에 반발하여 화약음모(Gunpowder Plot) 사건 터짐.

1606년 화약 음모 사건의 주동자인 폭스(Guido Fawkes)와 예수회 가네트(Henry Garnet) 신부 처형됨.

『맥베스』(*Macbeth*), 『안토니와 클레오파트라』(*Anthony and Cleopatra*) 집필.

1607년 『코리오레이너스』(*Coriolanus*), 『아테네의 타이몬』(*Timon of Athens*), 『페리클레스』(*Pericles*)집필.

1609년 『심벌린』(*Cymbelin*)집필.

1610년 『겨울이야기』(*Winter's Tale*)집필.

1611년 『태풍』(*Tempest*)집필.

1612년 존 플레처(John Fletcher)와 함께 『헨리 8세』(*Henry VIII*)집필.

1613년 존 플레처와 함께 『고결한 두 친척』(*The Two Noble Kinsmen*) 집필.

『헨리 8세』 공연 중 글로브 극장에 화재가 나서 소실됨.

1614년 글로브 극장 재개관.

1616년 셰익스피어 4월 23일에 사망.

1623년 셰익스피어의 아내 앤 해서웨이 사망.

존 헤밍(John Heminge)과 콘델(Henry Condell)에 의해 36개의 극이 수록된 최초의 극전집인 제1이절판(The First Folio) 출간

참고문헌

Shakespeare, William. *The Arden Shakespeare: King Lear*, edited by R. A. Foakes. Bloomsbury, 1997.

Greenblatt, Stephen. "Introduction." *The Norton Shakespeare: King Lear*, edited by Stephen Greenblatt, et al. Norton, 2008, pp. 2325-2332.

셰익스피어 전집 009

리어왕

초판 인쇄	2018년 11월 15일
초판 발행	2018년 11월 22일

지은이	윌리엄 셰익스피어(William Shakespeare)
옮긴이	고현동
발행인	김인철
총괄 · 기획	가정준 Director, University Knowledge Press
편집장	신선호 Executive Knowledge Contents Creator
도서편집	박현정 Contents Creator
전자책편집	이리나 e-Contents Creator
재무관리	문수진 Managing Creator
사전 · 출판	정준희 Contents Creator
마케팅 파트장	백승이 Chief Marketing Creator
마케팅	이현진 Marketing Creator
발행처	한국외국어대학교 지식출판콘텐츠원 02450 서울특별시 동대문구 이문로 107 전화 02)2173-2493~7 팩스 02)2173-3363 홈페이지 http://press.hufs.ac.kr 전자우편 press@hufs.ac.kr 출판등록 제6-6호(1969. 4. 30)
디자인 · 편집	(주)이환디앤비 02)2254-4301
인쇄 · 제본	네오프린텍 02)718-3111

ISBN 979-11-5901-426-0 04840 정가 10,000원
ISBN 979-11-5901-255-6 (세트)

*잘못된 책은 교환하여 드립니다.

HUINE은 한국외국어대학교 지식출판콘텐츠원의 어학도서, 사회과학도서, 지역학 도서 Sub Brand이다. 한국외대의 영문명인 HUFS, 현명한 국제전문가 양성(International +Intelligent)의 의미를 담고 있으며, 휴인(携引)의 뜻인 '이끌다, 끌고 나가다'라는 의미처럼 출판계를 이끄는 리더로서, 혁신의 이미지를 담고 있다.